LANGUE AU CHAT

LES ASSASSINS À MOUSTACHES, TOME 5

SKYE MACKINNON

Traduction par
LORRAINE COCQUELIN , VALENTIN TRANSLATION

Peryton Press

UN PETIT MOT AVANT D'ATTAQUER...

Comme vous le savez désormais après les quatre premiers tomes, cette série se situe dans un monde très similaire au nôtre, avec quelques différences significatives. La technologie ne s'est pas développée de la même manière, donc vous reconnaîtrez certains appareils, tels que les télévisions, mais vous ne trouverez aucun téléphone portable, aucune voiture et pas d'Internet. Pas d'armes à feu non plus.

N'hésitez pas à souscrire à la newsletter de Skye pour connaître toutes les nouveautés et les futures sorties :
skyemackinnon.com/francais

CHAPITRE 1

Les chatons sont par nature de petits diables. Un instant, ils vous regardent avec de grands yeux à vous faire fondre, et le suivant, ils tentent de vous trancher la gorge. Ou vous croquent un bout d'épaule, en l'occurrence.

J'attrape le chat tigré par la peau du cou et l'envoie plus loin sur le lit. Moi qui faisais un si beau rêve, mêlant couteaux et herbe à chats. Le chaton m'a réveillée, et pour ça, il va payer.

— Je vais dire à Benjamin de ne pas changer ta litière, lui annoncé-je en bâillant.

En réponse, il m'envoie mentalement l'image de lui urinant sur mon magnifique nouveau bureau.

Je suis à deux doigts de lui jeter mon oreiller dessus. Ai-je mentionné que les chatons sont de petits diables ?

— Rendors-toi, marmonne Ryker. Il est bien trop tôt.

— Je serais toujours en train de dormir si ce petit diable ne m'avait pas réveillée.

Ryker entrouvre un œil, puis le referme.

— C'est Théière. Elle a faim.

— Et alors ? J'ai faim, moi aussi. Ce n'est pas pour autant que je mords les gens.

— Tu en es sûre ? Tu l'as pas mal fait la nuit dernière.

Je lui montre les dents.

— Si mes souvenirs sont bons, tu as aimé. Beaucoup.

— Je ne suis pas sûr de me le rappeler... Tu veux bien recommencer ?

Cette fois, je lance bel et bien mon oreiller. Mais pas sur le chat.

— Aïe.

Je lève les yeux au ciel.

— C'est un coussin, pas un couteau. C'est moelleux et ça ne fait pas mal. À moins de s'en servir pour étouffer quelqu'un. Il paraît que ça peut être douloureux.

— Merci pour la leçon d'assassinat.

— Avec plaisir.

Je soupire.

— Puisque nous sommes réveillés tous les deux, ça te dit de déjeuner ?

Le chaton miaule. Je lui montre les dents.

— Pas toi. Toi, tu es bonne pour aller au coin.

— On ne fait pas ça, me rappelle Ryker.

— Eh bien, il serait temps de s'y mettre.

Il éclate de rire.

— Tu dois encore améliorer tes compétences parentales. Il paraît que tu as appris à Citrouille à détecter différents poisons ?

Je hausse les épaules.

— Il faut qu'il s'y prépare. S'il se transforme un jour en humain, il aura besoin de compétences de base. Il est déjà doué pour traquer et maîtriser sa proie, mais il a encore beaucoup de choses à apprendre.

Maintenant que nous vivons tous dans la même maison, Citrouille me suit comme mon ombre. Mon travail semble l'obséder, et il ne cesse de me demander des explications sur ce qui me pousse à faire les choses d'une certaine manière. Un jour, je l'ai surpris à essayer de marcher sur ses deux pattes arrière. Ça a failli briser mon cœur glacé d'assassin.

Qui n'est plus si froid que ça. Il a dégelé en présence de mes amis et de mes mâles. Et de ma famille, même si seule Caitlin vit avec nous. J'ai cependant reçu une lettre d'Ivy et de Quatre hier, et Mini-Kat m'appelle régulièrement. Toutes les trois semblent heureuses avec tante Rose, même si je parie qu'une fois le délai de six mois écoulé, j'aurai une petite conversation avec les jumelles. Elles souhaitent toujours me rejoindre ici. Rose m'a dit qu'elles s'en sortaient très bien à l'école, alors j'aimerais vraiment qu'elles restent chez elle. Elles peuvent avoir une enfance, là-bas. Pas ici. Ce n'est pas parce que nous vivons avec un tas de chats que notre maison est adaptée à des adolescentes. Surtout pas quand elles s'apprêtent à débuter la puberté. Non, merci.

Je m'étire et descends du lit. C'est le plus grand que nous ayons trouvé, et il est encore un peu petit pour nous quatre. Nous sommes rarement tous ensemble, cela dit. J'ai beau aimer mes trois hommes, j'ai besoin de temps pour moi. Câliner, c'est sympa, mais parfois, je deviens claustrophobe quand ils m'encerclent dans le lit. Je suis une chatte, j'ai besoin d'indépendance. Par chance, ils le respectent tous. Chacun de nous possède sa propre chambre, plus celle-ci où nous pouvons nous agglutiner quand nous en avons envie. La nuit dernière, Gryphon nous a rejoints, puis il est parti à la première heure. Lennox est quant à lui sans doute nu dans un fossé quelque part. Cette image me fait sourire. C'est la pleine lune, alors il s'est rendu à la campagne pour laisser à son loup l'espace nécessaire pour hurler et traquer.

Là où nous habitions autrefois, la pleine lune, c'était la période du mois où tout le monde verrouillait ses portes le soir et restait calfeutré à l'intérieur, par inquiétude des loups rôdant dans les rues. Ici, à Attenburgh, c'est très différent. Les métamorphes ne sortent pas en public. Certains jours, je me demande même si les humains connaissent notre existence. Pour l'instant, Lennox et moi nous montrons prudents, à l'extérieur, quand nous nous transformons. C'est plus facile pour Ryker, puisqu'il n'est pas plus grand qu'un chat normal sous sa forme animale, mais un loup et une panthère, c'est moins discret. Voilà pourquoi Lennox s'éloigne d'ici à chaque pleine lune. Je me serais bien jointe à lui, mais j'ai un rendez-vous important aujourd'hui.

Je consulte ma montre. Bien que je rechigne à l'admettre, heureusement que le chat m'a réveillée. Je me serais levée trop tard, sinon.

Agacée – et envieuse –, je comprends que Ryker va rester au lit. Veinard.

Je descends lentement jusqu'au premier étage, où se trouve notre salon. Au rez-de-chaussée sont situés mon bureau, un laboratoire et notre stock d'armes. Ma pièce préférée de toute cette maison. Le second étage est réservé aux chambres et à deux salles de bains. Nous ne possédons toutefois pas de grenier. Du moins, pas aussi grand que celui où je logeais. Si mon hamac me manque, j'ai reconnu que ce ne serait pas pratique avec des compagnons.

Notre grenier actuel ne mesure que soixante centimètres de haut, donc il ne nous sert que de stockage. Si nous devons cacher des corps, ce sera l'endroit parfait pour les y mettre. Un peu trop évident aussi, peut-être.

Quelqu'un a laissé une assiette de sandwiches sur le comptoir. Le reste de l'équipe M.I.A.O.U. habite dans une dépendance, mais ils n'ont pas de cuisine, donc nous nous servons tous de celle-ci. C'est sympa d'avoir toute la maison rien que pour ma famille, à savoir mes compagnons, ma sœur et moi. Lily est de toute façon souvent absente, puisqu'elle fait connaissance avec les habitants du coin. En d'autres termes, elle se les tape et se nourrit d'eux. Bien qu'elle ne soit qu'à moitié succube, avoir des relations sexuelles lui offre un vrai moment d'extase. Elle n'est pas accro, contrairement aux succubes de sang pur pour lesquelles se nourrir régulièrement est essentiel. Pour Lily, il ne s'agit que d'un à-côté plaisant tandis qu'elle s'adonne à une activité pour laquelle elle est douée. Elle nous a déjà donné un tas d'informations sur la façon de vivre de la haute société du coin. Si ce qu'on nous a dit est vrai, la plupart qui en sont membres sont des sirens, ou au moins des employés de ces derniers.

Gryphon reste donc à la maison, comme nous cherchons à faire profil bas. Il ne veut pas être reconnu. Même si sa dernière visite à cette ville remonte à des années, son père est un homme important avec lequel il a *a priori* une grande ressemblance. Tant que nous n'aurons pas plus de renseignements, mieux vaut que Gryphon reste caché, même si ça l'irrite au possible. Il ne se promène qu'à l'aube ou au crépuscule, lorsqu'il fait sombre et que les rues sont désertes. Heureusement que nous habitons en périphérie de la ville, le seul endroit où nous avions les moyens de nous offrir une maison comme celle-ci. C'est la fille de Rose, agent immobilier, qui nous l'a trouvée et qui nous l'a obtenue à un prix incroyable. Nous ne faisons que louer, pour l'instant, le temps de décider si Attenburgh deviendra notre foyer définitif ou bien si nous déménagerons une fois ma sœur retrouvée.

K7. La seule encore perdue. Elle est quelque part dans cette ville, si l'on en croit nos sources, mais Caitlin et moi avons beau ratisser les rues et traquer son odeur, nous n'avons rien découvert jusqu'à présent. À ce qu'il paraît, K7 devient parfois sauvage, donc il serait logique qu'elle ne sorte pas, même si je refuse d'envisager qu'elle puisse être détenue dans un centre quelconque ou pire. Non, dans mon esprit, elle se trouve au sein d'une famille aimante qui l'adore et la garde en sécurité. Je sais que je me fais des illusions, mais c'est la seule manière que j'ai trouvée pour avoir les idées claires quand je songe à elle.

Je m'appuie contre le plan de travail pour manger mon sandwich. Les cornichons à l'intérieur ont rendu le pain un peu humide. Je m'en fiche. C'est de la nourriture, c'est tout ce qui compte. Je ne suis pas une connaisseuse. Je suis capable d'apprécier un bon repas, mais la plupart du temps, j'avale un bout en vitesse tandis que mon cerveau se concentre sur autre chose. Comme maintenant.

J'essaie de me souvenir de ce que j'ai prévu aujourd'hui. Je suis trop paresseuse pour descendre un étage de plus et consulter mon agenda dans le bureau. Nous recevons rarement des clients, puisque nous cherchons à faire profil bas ; heureusement, nous avons assez d'argent pour le moment. Je n'ai pas besoin de trouver du travail tout de suite. Malgré tout, je me sens inutile sans cibles. Je pourrais choisir des gens à tuer au hasard, or cela ferait de moi une meurtrière, alors que je préfère être une tueuse à gages. Je ne tue pas pour le plaisir. Ou, disons, pas que pour ça. C'est un métier, et j'en ai fait mon entreprise. Avec des comptes bancaires, des dossiers et des employés.

Le bruit de la chatière attire mon attention. Ben l'a installée pour que la horde de chats puisse aller et venir à sa guise. Si beaucoup d'ouailles de Ryker sont restées là où nous vivions avant, il y en a toujours une vingtaine sous sa protection, d'après mes dernières estimations. Benjamin a endossé le rôle de soigneur des chatons, tandis que Ryker veille à ce que les adultes ne se fourrent pas dans les ennuis avec la population féline locale. Il y a eu de nombreuses luttes de domination au début, mais les choses semblent s'être calmées. Bientôt, les chats connaîtront Attenburgh aussi bien que leur ancien logement et ils pourront recommencer à espionner et explorer pour moi. Cela vaut bien les quantités astronomiques de nourriture pour chat que nous achetons toutes les deux semaines. Quant à mon stock d'herbe à chats, il est caché sous clé quelque part. J'en ai donné un peu à Citrouille, mais juste une fois, puisque son père n'a pas été ravi de le retrouver en train de faire des culbutes dans la baignoire. Si j'ai à choisir entre le bonheur de Citrouille et celui de son père, j'opterai toujours pour mon Ryker.

— *Miaou.*

En parlant du chaton. Citrouille pénètre dans la cuisine en agitant la queue avec arrogance. Il est le chef des chatons et a endossé ce rôle sans peine.

— Bonjour, marmonné-je en mâchant ma dernière bouchée de sandwich.

Il miaule et se frotte à ma jambe. Je me penche pour caresser sa petite tête. Il est toujours minuscule, bien qu'il s'approche de l'adolescence féline. Je me demande s'il sera petit aussi s'il se transforme un jour. Tout ce que nous pouvons faire pour l'instant, c'est attendre de voir ce qu'il devient.

— Ton père est à l'étage, si tu le cherches, lui dis-je en le voyant observer la cuisine comme s'il cherchait quelque chose.

Il m'envoie l'image du sachet d'herbe à chats que je garde planqué.

— Non. Pas après ce qu'il s'est passé la dernière fois. Ryker me tuera si je t'en donne.

Il me regarde, et ses yeux paraissent s'agrandir et devenir encore plus adorables. Je peux presque entendre mon cœur fondre et se transformer en fromage dégoulinant.

Non. Je dois rester forte. Je ne laisserai pas un chaton me dire quoi faire. Même s'il est aussi mignon que celui-ci.

— Je ne te filerai pas d'herbe à chats. Mais un peu de lait, ça te dit ? Ou à manger ? Je parie qu'il y a un beau morceau de viande dans le frigo, grâce à Benjamin.

Il achète bien plus de nourriture pour les chats que pour les humains. Bethany s'est énervée plus d'une fois quand il a oublié ses en-cas préférés. Elle ne vit que de snacks et de malbouffe.

Citrouille proteste en miaulant. Sale gosse pourri gâté.

— Je ne changerai pas d'avis. Soit tu choisis la vraie nourriture, soit tu peux t'en aller.

Il me fusille du regard, toute mignonitude oubliée. Puis, dans un petit mouvement de queue dressée, il s'éloigne de la cuisine en paradant. Je me sens comme la méchante belle-mère.

CHAPITRE 2

Quelqu'un a posé une lettre sur mon bureau. C'est plus une table qu'autre chose et n'a rien à voir avec le magnifique vieux meuble que je possédais dans l'ancienne maison de l'Homme Mystère. C'est ainsi que j'ai décidé de l'appeler, plutôt que d'employer son vrai nom. Ce dernier est associé à trop de mauvais souvenirs.

Adossée à ma chaise en bois – et en me lamentant à nouveau de la perte de mon confortable siège en cuir –, j'ouvre l'enveloppe épaisse, au papier de bonne qualité. Ce n'est pas le truc mince que l'on trouve dans les magasins classiques.

Le courrier est adressé à « Madame ou Monsieur » et, en le parcourant, j'ai le sentiment qu'il s'agit d'une lettre type, pas spécifiquement écrite pour moi.

*Vous êtes cordialement invité(e) à prendre part à l'opportunité commerciale du siècle. À accéder à une richesse qui dépasse votre imagination. L'excitation de vivre une aventure unique qui pourra améliorer votre vie ou vous la faire perdre. Oui, cette expérience peut être mortelle, mais avec la récompense à la clé, le jeu en vaut la chandelle**

Pour en savoir plus concernant cette opportunité unique, merci de suivre les indices fournis. Comprenez bien que nous ne pouvons confier les détails supplémentaires qu'aux candidats les plus qualifiés. Veuillez ne vous lancer dans ces épreuves que si vous avez de l'expérience en subterfuges, ruses, vols, assassinats ou compétences similaires.

Merci de ne pas remettre cette lettre à la police. Chacune d'elles est marquée et nous saurions tout de suite qui en a brisé la confidentialité.

Bien à vous,

La Veuve

** d'après nous*

Je relis la lettre plusieurs fois, sans qu'elle n'ait plus de sens. L'opportunité commerciale du siècle. Voilà qui me paraît dans mes cordes. Surtout sachant que je n'ai rien de mieux à faire.

Un détail m'intrigue. Comment m'ont-ils trouvée ? Je n'ai pas vraiment annoncé ma présence à Attenburgh. Est-ce que c'est un genre de « courrier poubelle » envoyé à tout le monde ? Non, le papier lui-même coûte trop cher pour que ce soit viable. Quelqu'un sait que je suis là, que *nous* sommes là. J'en suis à la fois ravie et inquiète. Faire profil bas ne me convient pas. J'ai besoin d'agir. C'est toujours mieux que de rester ici à me tourner les pattes.

Suivez les indices. Je regarde dans l'enveloppe, en vain. Il n'y avait que la lettre. Bizarre. Évidemment, il n'y a aucun expéditeur non plus. Cela aurait été trop simple.

Je rate quelque chose. À moins qu'ils n'aient oublié de mettre des indices, dans ma lettre.

Je l'attrape, ainsi que le courrier, et pars en quête de la personne ayant déposé ça sur mon bureau. Je trouve Bethany au salon, en train de feuilleter paresseusement un magazine. Elle me jette à peine un coup d'œil à mon arrivée. Je pense qu'elle s'ennuie un peu, elle aussi. Je n'ai pas pu lui fournir de cadavre avec lequel s'amuser, elle n'a rien eu besoin de voler et n'a pas pu concocter de nouveau poison. Avec l'aide de Lily, elle a transformé une salle de bains en labo de fortune, mais ce n'est rien comparé à l'installation spacieuse et bien équipée qu'elle avait dans notre ancienne demeure.

— C'est toi qui as mis cette lettre sur mon bureau ? lui demandé-je.

— Oui. Je crois que tu as un admirateur.

Je fronce les sourcils.

— Qu'est-ce qui te fait dire ça ?

— C'était livré avec des chocolats.

Elle indique une boîte de truffes ouverte sur la table.

— Je n'étais pas sûre que tu les apprécierais, alors j'ai décidé d'y goûter moi-même. Pour m'assurer qu'ils n'étaient pas empoisonnés, bien sûr.

Je lève les yeux au ciel.

— Bien sûr.

Ça doit être un indice. Y a-t-il une chocolaterie à Attenburgh ?

Je ramasse la boîte. C'est un carton noir. L'un des coins est bosselé, mais ça peut être l'œuvre de Bethany. Il n'y a ni marque ni ruban, juste une boîte. À l'intérieur se trouvent dix compartiments, dont trois désormais vides. Gloutonne. Les sept chocolats restants sont sous forme de boules parfaitement symétriques, deux noires, trois blanches, et les deux dernières sont marron clair. Bien qu'amatrice de chocolat blanc pour ma part, je me retiens de goûter. Ce sont peut-être des preuves dont j'ai besoin pour résoudre cette étrange devinette.

— Les chocolats que tu as mangés, ils avaient quel goût ?

Elle me lance un regard confus.

— Celui de chocolat ? Sucré. Délicieux.

— Quelque chose à l'intérieur ?

— Non, ce que j'ai d'ailleurs trouvé un peu décevant.

J'avais espéré du coulis de chocolat, ou bien de l'alcool, ou ne serait-ce qu'une noisette, mais ils sont juste creux.

Voilà qui éveille une lueur d'espoir en moi. Je prends chaque boule une à une et les secoue gentiment. Les deux marron clair semblent vides, mais l'une des blanches est plus lourde que les autres. Je l'ouvre – à l'aide de mes doigts plutôt que de mes dents – et souris en voyant la minuscule clé en plastique à l'intérieur. Elle n'est pas plus grosse que l'ongle de mon pouce, mais aucun doute, c'est bien une clé. Un papier plié apparaît en dessous.

Je mets le chocolat de côté, aussitôt récupéré par Bethany, qui le fourre dans sa bouche.

— Tu n'en avais plus besoin, n'est-ce pas ? lance-t-elle, sournoise. Délicieux.

L'ignorant, je déplie le papier. Cinq symboles sont dessinés avec des traits grossiers. Ils me rappellent quelque chose, même si je ne me souviens plus où j'ai vu de tels signes. Je les montre à Bethany.

— Une idée de ce que ça pourrait être ?

Elle secoue la tête sans cesser de mâcher.

— Non, mais demande à Benjamin. Je sais qu'il a appris tout un tas de langages secrets quand il travaillait comme voleur. Ils se servent de plein de symboles pour se tuyauter sur les meilleurs coups ou se prévenir quand trop de gardes font des rondes.

— Merci. Il est dans votre bâtiment ?

— Dans notre cabane, tu veux dire. Et oui.

— Hé, c'est une dépendance très sympa. Une maison secondaire. Pas une cabane.

Elle se moque de moi.

— Facile à dire pour toi, tu vis dans la grande et jolie maison. Tu n'as pas à écouter Benjamin ronfler.

Elle ne semble pas malheureuse pour autant. Elle se plaint juste, comme d'habitude. J'espère. Je ne veux pas qu'il y ait de mécontentement au sein de mon équipe. Lorsque j'ai découvert cette propriété, je l'ai trouvée parfaite. Assez d'espace pour nous huit, en plus de zones de travail. J'essaie de séparer travail et plaisir. C'est plus facile depuis que je ne bosse plus tous les jours. Désormais, plutôt que de combattre les méchants, je combats l'ennui.

Je quitte Bethany – sans espoir de revoir les chocolats un jour – et me dirige vers l'autre bâtiment. Un jardin pavé, entouré de hauts murs de briques pour assurer notre intimité vis-à-vis des voisins, relie les deux bâtisses. La maison sur notre droite étant inhabitée, les chats y ont élu domicile. Sur notre gauche habite une vieille dame à moitié aveugle et totalement sourde. Elle me sourit chaque fois qu'elle me voit, et je fais de même, jouant les voisines parfaites. Si elle savait ce qui habite juste à côté de chez elle. Nous n'avons certes pas de corps à l'heure actuelle, mais je parie que dans pas longtemps, il y aura une nouvelle tête dans le frigo ou des membres découpés dans le labo.

J'entends Benjamin ronfler avant même de pénétrer dans le bâtiment. Quel veinard. J'aurais aimé dormir encore. Eh bien, si je suis réveillée, alors lui aussi. La vie n'est pas juste.

Deux chatons sont allongés dans le petit couloir menant à une grande chambre et à un petit escalier. L'un des deux félins m'ignore complètement et continue à se lécher la patte, tandis que l'autre, un chat blanc aux oreilles grises, penche la tête pour me saluer. C'est l'un des plus vieux chatons, d'après sa taille.

— Envie de réveiller Benjamin ? lui demandé-je avec un sourire diabolique.

J'aurais juré le voir me le rendre. Il se lève et arrondit le dos, puis me rejoint quand j'attaque les marches montant au premier étage. Benjamin a choisi la plus petite chambre, pour une raison que j'ignore. Et dont je me fiche. Bethany, Lily et lui peuvent faire ce qu'ils veulent dans leur petite maison. C'est leur royaume.

Le chat miaule quand j'ouvre la porte de Benjamin. Il se précipite à l'intérieur tandis que j'attends, un sourire aux lèvres. Deux secondes plus tard, un cri m'informe que ma ruse a fonctionné. Je pénètre dans la pièce en toute innocence.

— Bonjour. C'est le chat qui t'a réveillé ?

Le chat en question est debout sur le visage de Benjamin, ses pattes non loin des yeux de mon collègue.

— Ne fais pas comme si c'était l'idée de Muffin, grogne celui-ci. Il est très bien élevé, d'ordinaire.

Le chaton me lance un regard insulté.

— Je sais, il a tort, dis-je au chat. Tu n'es pas du tout bien élevé.

Il m'envoie son approbation juste avant de s'éloigner de Benjamin d'un bond pour aller se blottir au pied du lit.

Le jeune homme me fusille du regard.

— Qu'est-ce que tu veux ? Je faisais un beau rêve.

— Il est tard. Le monde appartient aux chats qui se lèvent tôt.

— Tu n'aimes pas les matins, toi non plus. Ne fais pas celle qui s'est levée par choix. Tu as déjà fini ton rendez-vous ?

Je me fige. Oups. Mince.

— Pas encore.

Je regarde ma montre. Merde, je suis en retard. Pas terrible pour une première bonne impression.

Je lance le papier à Benjamin.

— Est-ce que tu reconnais ces symboles ?

Il cligne des paupières, l'air épuisé.

— Oui, bien sûr. Pas toi ?

Je lève les yeux au ciel.

— Est-ce que je serais venue, si c'était le cas ? Est-ce que tu peux me noter ce qu'ils signifient ? Il faut que je parte, donc tu n'auras qu'à poser ça sur mon bureau.

Je me détourne, agacée contre moi-même d'avoir oublié mon rendez-vous. J'aurais dû me rendre là-bas dès la fin de mon petit déjeuner, plutôt que d'aller dans mon bureau. Je ne suis pas encore habituée à ma vie ici, j'imagine. J'avais une routine, avant. Maintenant, j'improvise au fur et à mesure.

— Pars, chaton, pars ! me crie Benjamin alors que je m'en vais.

Je lui fais un doigt d'honneur. Même s'il ne peut pas le voir, ma satisfaction reste la même.

CHAPITRE 3

a mairie d'Attenburgh est un bâtiment imposant qui domine les maisons du voisinage. Un marché a été construit autour, même si seule la moitié des étals est occupée ce jour-là. Je les traverse et monte l'escalier en marbre menant aux doubles portes de l'hôtel de ville. Elles sont grandes ouvertes, mais je suis la seule à entrer. Pas de gardes en vue. Cela me surprend. Attenburgh est une ville aisée, à en juger par l'architecture de sa mairie : du marbre chic, du bois riche, des pierres précieuses incrustées dans les portes. Si j'avais dirigé la ville, j'aurais fait en sorte que personne ne soit tenté par toutes ces merveilles. Je peux presque sentir la richesse dans les voûtes du bâtiment. Quel dommage que je ne sois pas une voleuse, habituellement. Cambrioler ici devrait être amusant, surtout avec une sécurité aussi relâchée qu'elle semble l'être.

Un bureau d'accueil en demi-lune occupe l'essentiel du hall. Deux femmes en élégants tailleurs noirs se tiennent derrière. Quelques personnes grouillent vers le fond, attendant sans doute leurs rendez-vous.

— Bonjour. Que puis-je faire pour vous ? me demande l'une

des femmes, dont les cheveux sont teints d'un blond blanc artificiel.

Cette couleur n'aurait eu l'air naturelle que si la femme avait eu trente ans de plus.

— J'ai un rendez-vous avec lady Lara.

Je ne précise pas que j'ai une demi-heure de retard.

— Votre nom ?

— Feln. Katriona Feln.

J'ai hésité à utiliser un faux nom, mais cela n'a pas d'importance en fin de compte. Je suis sûre que certains membres de la Meute connaissent celui que je me suis choisi, et si tel est le cas, ils l'ont sans doute transmis aux Crocs. Bien qu'il ne reste pas grand-chose de la Meute. Nous avons réduit en cendres leurs labos et la plupart de leurs installations. Lorsque nous sommes partis de là-bas, les dirigeants se cachaient, abandonnant les jeunes métamorphes qu'ils avaient réduits en esclavage. Heureusement, nous avons pu déléguer ce problème. Monsieur Moon, le mentor de Lennox, s'est porté volontaire pour s'occuper d'eux. J'espère qu'il compte leur laisser le choix entre rester et partir et tenter de survivre seuls, mais pour être honnête, je préfère ne pas trop espérer et j'évite de poser la question.

— Vous êtes en retard, m'informe la femme en fronçant les sourcils, désapprobatrice.

Comme si je ne le savais pas. Je ne m'excuse pas. Ce n'est pas avec la réceptionniste que j'ai rendez-vous. Son opinion ne compte pas.

— Prenez l'ascenseur jusqu'au quatrième étage et asseyez-vous dans la salle d'attente. Je vais voir si lady Lara peut toujours vous recevoir ou bien si elle a un autre engagement.

J'opine et me dirige vers l'ascenseur au fond de la pièce. Je déteste ces engins. Ce ne sont que des boîtes métalliques destinées à échouer dans leur mission et à emporter dans l'abysse toutes les personnes à l'intérieur. Non, je vais prendre les escaliers, merci. Par chance, la porte qui y mène est clairement indiquée à côté des ascenseurs. Je monte les marches deux par deux, contente de ne pas être essoufflée en arrivant au quatrième étage, alors que je ne me suis pas entraînée beaucoup depuis notre installation ici. Je ne suis même pas allée courir souvent.

Une femme m'attend dans le couloir. Sa combinaison-pantalon blanche offre un contraste saisissant avec sa peau ébène scintillante. C'est comme si elle s'était aspergée de paillettes par accident. Est-ce la dernière mode ? Ou bien son teint naturel ? Ses cheveux noirs sont remontés en un chignon soigné, qui lui donne l'air plus âgée qu'elle ne l'est sans doute en réalité. La trentaine, plus ou moins vers la fin, je dirais. Elle est jolie, mais pas assez pour être une siren. Ouf. J'avais l'espoir qu'elle soit humaine, et donc moins dangereuse.

— Mademoiselle Feln ?

Sa voix est étonnamment grave, quoique mélodieuse.

J'incline la tête en me rappelant mes bonnes manières.

— Lady Lara ?

— En effet. Vous êtes en retard.

— Toutes mes excuses. J'ai eu un imprévu.

— Ça n'a pas d'importance. Cela m'a donné l'occasion de lire un peu. J'ai rarement le temps de le faire, ces derniers jours.

Elle me sourit.

— Lorsque j'ai accepté ce travail, je n'avais pas réalisé combien il empiéterait sur ma vie personnelle. Mais poursuivons dans un endroit plus privé.

Elle me conduit dans un bureau spacieux, aux murs noirs lambrissés, mais dont les meubles blancs et beiges lui confèrent une allure moins lugubre. Un plateau muni de thé et de biscuits nous attend sur une petite table près de deux fauteuils en cuir. Lady Lara me fait signe de m'asseoir, et je m'installe avec bonheur sur le siège moelleux. Il m'en faut un comme ça chez moi. J'ai bien deux canapés, mais ils étaient là quand j'ai acheté la maison et sont à la fois usés et inconfortables.

Lady Lara s'assied sur l'autre fauteuil et nous sert du thé. Elle me tend une tasse en souriant, puis s'adosse à son siège et m'observe avec intensité.

— Bien. Mademoiselle Feln, vous avez déposé votre candidature pour ce poste, et elle m'a bien plu. Elle était moins… insipide que les autres. J'aime les personnes directes qui n'embellissent pas leurs exploits. Bien sûr, vous êtes beaucoup moins qualifiée que certains autres candidats, néanmoins je souhaitais vous rencontrer.

Beaucoup moins qualifiée. Je souris, narquoise. Pas du tout, pour être honnête. Après tout, la seule éducation que la Meute m'a donnée consistait à apprendre comment tuer, voler et torturer. Avec un peu d'empoisonnement et de manipulation ajoutés à l'ensemble.

— Comment avez-vous eu vent de cette annonce ? continue-t-elle.

— Par une connaissance. Je viens d'emménager en ville et je cherche depuis une façon précieuse d'occuper mon temps. Ça m'a paru idéal.

Lady Lara hausse un sourcil.

— Je suis ravie que vous estimiez que ce poste est une façon *précieuse* d'occuper votre temps. Ma vie m'est assez précieuse également.

— Pourquoi vous inquiétez-vous pour votre sécurité ? L'annonce ne le mentionnait pas.

Elle éclate de rire.

— Évidemment ! Je ne veux pas informer mes ennemis qu'ils m'ont atteinte. Mais après deux tentatives d'assassinat ces trois dernières semaines, j'ai décidé qu'il était temps d'arrêter de jouer avec le destin. J'en ai marre de devoir surveiller mes arrières. J'ai besoin de quelqu'un le faisant à ma place.

— Comment ont-ils essayé de vous tuer ?

— Du gin empoisonné, envoyé via un cadeau anonyme, et un couteau contre ma gorge. Heureusement que le second assassin était mal entraîné et que mes compétences en autodéfense étaient suffisantes. Mais je ne compte pas m'en sortir seule une troisième fois. C'est là que vous entrez en jeu.

Je hoche la tête.

— Comme je l'ai noté dans ma candidature, je peux à la fois vous protéger et empêcher de futures attaques. Si vous savez qui vous envoie ces assassins, je me ferai un plaisir de m'assurer qu'ils ne recommencent pas.

— Ce ne sera pas nécessaire. Pas tout de suite, en tout cas. Je ne veux pas qu'ils devinent que je suis inquiète. Je vais continuer à vivre et travailler comme avant, mais je dormirai mieux en sachant que quelqu'un me protège de nouvelles menaces. Vous avez de l'expérience en matière d'assassins, c'est bien ça ?

— Oui, tout à fait.

À force de les côtoyer. Ou d'essayer d'atteindre les cibles avant eux. Mais elle n'a pas besoin de savoir tout ça. À vrai dire, je devrais exceller dans ce travail. Je sais comment pensent les assassins et comment ils opèrent. Tout ce que je dois faire, c'est imaginer comment moi je la tuerais, et agir ensuite en conséquence.

— C'est bien. Très bien. Je préfère de l'expérience à des certificats et des diplômes.

— Il y a des diplômes en lutte contre les assassins ? m'étonné-je.

Elle rit à nouveau.

— Non, mais il y en a en psychologie. La plupart des candidats ont travaillé comme profileurs. Pas vous, cela dit, et c'est ce qui vous démarque des autres.

Elle se racle la gorge.

— Maintenant, je vais vous dire en quoi consiste ce travail, puisque je n'ai pas pu donner beaucoup de détails dans l'annonce. Tout d'abord, je veux que cette pièce soit la plus sûre possible, que personne ne m'espionne. Ensuite, j'aurai besoin de vos conseils en matière de sécurité. Le maire précédent était très négligent avec ce bâtiment, mais ça va changer à partir de maintenant. Seules les personnes ayant une raison de se trouver ici auront le droit de pénétrer dans la mairie. En dehors de cela, j'aurai parfois besoin d'une escorte pour assister à divers événements. Une personne habillée non pas comme un garde du corps, mais comme une autre invitée ou bien mon assistante. Il est d'usage de venir sans sécurité à ce genre d'événements, mais étant donnée la situation actuelle, je ne peux me permettre de m'y rendre seule.

J'opine en veillant bien à lui cacher mon enthousiasme. Ce travail pourrait m'ouvrir des portes, m'offrir de nouvelles opportunités professionnelles, voire m'aider à trouver ma sœur. Être proche du maire est la meilleure chose qui pourrait m'arriver. Il ne manque plus qu'elle me confie ce boulot.

— Si vous me permettez, pourquoi quelqu'un cherche-t-il tant à vous tuer ? Comme je vous l'ai dit, je suis nouvelle à Attenburgh, alors je ne suis pas familiarisée avec la politique locale.

Elle pince les lèvres, toute bonne humeur disparue.

— Cette ville a toujours été très conservatrice. Extravagante, tape-à-l'œil et criarde, mais oui, en coulisses, Attenburgh est dirigée par de vieux messieurs accrochés à leur pouvoir. Je suis la première femme maire de l'histoire de la ville. J'incarne un changement qui fait peur à la plupart d'entre eux. Je ne viens pas d'une famille puissante. Je n'ai pas autant d'argent que la majorité des autres politiciens. Mais j'ai le soutien des habitants et d'une grande partie du conseil municipal. C'est comme ça que j'en suis arrivée là. Et j'ai bien l'intention de garder ce travail.

Ses yeux brillent de conviction.

— Cette ville a besoin de moi. Nous avons été divisés en

classes pendant bien trop longtemps. L'aristocratie vit dans des conditions indécentes tandis que les personnes ordinaires parviennent à peine à joindre les deux bouts. Il faut que ça change, et je serai celle qui entamera le processus de transformation d'Attenburgh.

J'ai l'impression que je devrais applaudir, mais je me contente de hocher la tête et de sourire.

— Je peux comprendre que ça ne plaise pas à tout le monde.

— C'est l'euphémisme du siècle. C'est un miracle que j'aie réussi à arriver jusqu'ici. Je suis peut-être le maire à présent, mais je n'ai pas l'arrogance de croire que mes ennemis vont me laisser le rester. Il est vital que je me trouve de nouveaux soutiens, puissants de préférence, ce qui me ramène aux rassemblements où je vais devoir me rendre. Je l'admets, beaucoup sont ennuyeux et épuisants, mais malheureusement nécessaires.

Elle sourit.

— Je préférerais rester ici à m'occuper des choses importantes. Comme m'assurer que tout le monde ait assez à manger dans cette ville. Les amuse-gueules au saumon ont tendance à me rester coincés dans la gorge, quand je pense à ça. Mais parfois, il faut s'acoquiner avec le diable pour conquérir l'enfer.

Lady Lara boit une gorgée de thé, ce qui me fait penser que je n'ai pas goûté au mien. Notre conversation m'a tellement absorbée que j'en ai oublié ma boisson. Cela ne m'arrive pas souvent. C'est une femme vraiment intéressante. Lorsque j'ai postulé pour ce travail, je pensais que le maire serait une vieille dame bêcheuse et guindée, coincée entre l'âge et la tradition. Toutefois, elle est moderne et progressiste et trentenaire. Je pourrais l'apprécier. Mais je n'ai pas encore obtenu ce travail. Je suis en entretien d'embauche, même si la conversation est décontractée.

— Prenez un biscuit, me propose-t-elle.

Bien que je n'aie pas faim, j'accepte par politesse. Par habitude, je le renifle rapidement. Et me fige. L'odeur, cuivre et pomme mêlés, est immanquable.

— N'y touchez pas, dis-je vivement en jetant mon biscuit sur le plateau. Ils sont empoisonnés.

Lady Lara me décoche un sourire en coin.

— En effet. Bien joué. Deux candidats ne s'en sont pas rendu compte.

Je frémis. On m'a déjà donné ce poison, dans la Meute, parce que nos professeurs insistaient pour que nous connaissions les effets des poisons non létaux. J'ai passé quatre jours au lit à recracher mes entrailles et à lutter contre d'horribles hallucinations.

— Leur avez-vous donné l'antidote ?

— Non. Je me suis dit que s'ils étaient assez doués, ils en posséderaient un. Et sinon… cela leur apprendrait à postuler pour un travail sans en avoir les compétences.

Mon respect pour elle croît. Il y a chez elle bien plus qu'elle n'en laisse paraître. C'est un gâchis qu'elle soit politicienne. Je l'engagerais volontiers, sans hésiter. Avec un peu d'entraînement, elle serait formidable.

— Y a-t-il d'autres tests ? demandé-je sèchement.

Son sourire s'agrandit.

— Qui sait ? Ce serait dommage de vous le dire. Mais puisque vous venez de passer celui-ci, nous pouvons discuter de certains détails. Comme de votre salaire.

Je lui rends son sourire.

— En voilà un sujet intéressant.

— N'est-ce pas ? Le nombre mentionné dans l'annonce n'était qu'une idée générale. C'est ce que je vous paierais le premier mois, mais ensuite, une fois que vous m'auriez prouvé votre valeur, je pourrais l'augmenter, voire le doubler.

Au fond de moi, je ris de joie comme une folle, mais en apparence, je reste calme et composée.

— Cela me paraît correct. Comme je l'ai mentionné dans ma candidature, j'ai des employés, chacun doué dans un domaine. L'une d'eux, par exemple, est excellente avec les poisons, pour les créer et les neutraliser. Puisqu'on a déjà tenté de vous empoisonner, je pourrais lui suggérer de vous fournir une variété d'antidotes et vous conseiller certaines mesures à prendre avec votre personnel de cuisine. Elle me coûte cher, mais c'est la meilleure.

— Naturellement. Qui d'autre compose votre équipe ?

— Un expert en saisie d'objets, deux excellents combattants qui pourraient prendre ma place si nécessaire ou se joindre à moi pour les événements plus grands où une seule paire d'yeux ne suffit pas. Je suis aussi en train de faire entrer l'une de mes employées dans les plus hautes sphères de la société, donc si elle découvre des informations se rapportant à vous ou votre poste, je vous les transmettrai, bien sûr.

— Moyennant finance.

Je lui adresse un sourire narquois.

— Naturellement. Je ne peux pas entrer dans les détails, mais j'ai aussi un réseau d'espions à travers la ville. Si vous avez le moindre ennui en ma présence, ils peuvent nous aider à prendre rapidement la fuite et à emprunter les meilleurs raccourcis pour assurer votre sécurité.

— On dirait que vous avez tout prévu. Était-ce votre métier avant ?

Je ravale mon ricanement. Si elle savait.

— Quelque chose de ce style.

Elle accepte ma réponse sans me demander d'entrer dans les détails. Bien. Je présume qu'elle a compris à présent que je ne suis généralement pas du même côté de la loi qu'elle.

Lady Lara repose sa tasse et se lève en me tendant la main.

— Quand pouvez-vous commencer ?

CHAPITRE 4

Quand je rentre chez moi, je trouve ma famille réunie au salon. Gryphon et Ryker sont assis sur un canapé, Caitlin sur l'autre. Lennox n'est toujours pas revenu de sa retraite de loup. Je lui accorde jusqu'à demain avant de partir à sa recherche. Ou d'y envoyer les chats. Ce sera plus facile.

— Comment ça s'est passé ? me demande Gryphon en se décalant pour me faire de la place.

Je m'assieds entre les deux hommes, qui posent immédiatement chacun une main sur mes genoux. Argh. Le geste a beau être gentil, il me fait me sentir assiégée et piégée. Je vais endurer ça pour l'instant, mais s'ils vont plus loin, il faudra que nous ayons une petite discussion.

— Plutôt bien, j'ai obtenu le boulot, et il semblerait que nous puissions tous participer.

— Moi aussi ? me questionne Caitlin.

J'hésite. Je ne sais pas quoi faire de ma sœur. Je pense qu'elle est stable à présent, tant qu'elle prend ses potions, mais suis-je prête à la laisser dans le vaste monde sans supervision ? Pas encore. Elle est imprévisible, et pas seulement à cause de son passé ; aussi parce qu'elle est ma sœur. Nous avons toutes du caractère et sommes indépendantes. Pour être honnête, j'ai été surprise que Caitlin décide de nous accompagner plutôt que de partir de son côté. Bien sûr, je trouve sympa de l'avoir près de moi, d'avoir l'opportunité d'apprendre à la connaître davantage, et en même temps, je me sens coupable de la faire rester à l'intérieur.

— On verra, répliqué-je, évasive, et je m'en veux de voir son sourire disparaître. Pour l'instant, il n'y aura que moi et Bethany, pour fournir à lady Lara des antidotes au cas où elle se ferait à nouveau empoisonner.

— Quelqu'un a tenté d'empoisonner le maire ? s'exclame Gryphon d'une voix dure. Elle est une siren ?

— Oui, et non. Mais elle a essayé de me faire la même chose, ajouté-je, amusée. Je l'aime bien. Elle est plus forte qu'elle n'en a l'air.

— J'imagine, pour s'être élevée si haut dans une société dominée par les sirens. Comment y est-elle parvenue ?

Je hausse les épaules.

— Je pense que je le découvrirai un jour. Elle m'a dit qu'elle avait le soutien de la population et d'une grande partie du conseil municipal. Cela semble suffisant pour la maintenir au pouvoir pour le moment. Encore qu'il y a eu deux tentatives d'assassinat contre elle, et c'est pour ça qu'elle se cherche un garde du corps. À vrai dire, la mission est même plus étendue que ça.

Je tends la main et pique un sachet de chips à moitié vide à Ryker. Il n'est pas en train de les manger, donc c'est de bonne guerre.

— Étendue à quel point ? me demande-t-il.

— Sécurisation du bureau, fouille des cuisines et des lieux de stockage à la recherche de poison, enquête sur le personnel, embauche de nouveaux gardes pour la mairie, et un tas d'autres choses. J'ai aussi rendez-vous avec le tailleur de lady Lara pour qu'elle me fasse de nouveaux vêtements.

— Des robes ? réplique Gryphon. Par pitié, dis-moi que c'est ça.

Je lui mets un coup de coude dans les côtes.

— Malheureusement, oui. Si je dois l'accompagner à certains événements, je dois me fondre dans la haute société. Elle ne veut pas que je ressemble à un garde du corps, plutôt à une amie ou une assistante.

Je frémis.

— Par chance, la paie est suffisante pour que je m'engonce dans une robe.

Caitlin rit.

— Il me tarde de voir ça. Surtout la partie engoncée. Tu n'as jamais remarqué comme les femmes d'ici ont la taille menue ? Bonne chance.

Je la fusille du regard.

— Et comment sais-tu ça ?

Elle eut le bon sens d'avoir l'air un peu coupable.

— Tu ne pensais quand même pas que j'allais rester calfeutrée ici toute la journée, si ? Mais j'ai été prudente, ne t'en fais pas. Je suis juste allée au marché une ou deux fois pour explorer la zone.

— Je l'ai toujours fait suivre de plusieurs chats, ajoute Ryker avec bonhomie.

— Tu étais au courant ?

Je gémis.

— Pourquoi est-ce que personne ne fait ce que je lui demande ?

Il se marre.

— Parce qu'aucun de nous n'est doué pour respecter les règles. Tu devrais le savoir, depuis le temps.

Argh, il a raison. J'aurais fait pareil que Caitlin, à sa place.

Tiens, j'allais oublier. Il me faut de nouvelles chaussures

pour ce travail. Je refuse de porter des talons, même si les plus pointus peuvent s'avérer très utiles en cas de bagarre ; il faut que je puisse courir. Je vais quand même faire une concession et acquérir des chaussures plates. Mes bottes en cuir me manqueront, mais c'est le prix à payer pour avoir ce travail. J'espère qu'il en vaudra la peine.

— Tu commences quand ? voulut savoir Gryphon.

— Demain. Enfin, demain, je vais juste vérifier la sécurité de la mairie et préciser comment l'améliorer. Lady Lara ne m'a pas dit quand aura lieu le prochain événement où je devrai l'accompagner.

— Oh ! s'exclame tout à coup Caitlin, que nous regardons tous.

— Oui ?

Elle sort quelque chose de sa poche et se penche par-dessus la table basse pour me le tendre.

— J'ai failli oublier. Benjamin m'a demandé de te donner ça. Il s'est absenté pour la journée, donc il voulait s'assurer que tu le reçoives bien.

— Où est-il ?

— C'est en lien avec ça, justement, mais il ne m'a rien expliqué.

Fronçant les sourcils, je déplie le papier. Il s'agit d'une copie des cinq symboles que j'ai trouvés dans le chocolat, avec des tas de notes griffonnées tout autour ; Benjamin a une écriture minuscule et peu lisible. Je soupire. Il va me falloir un moment pour tout déchiffrer.

— C'est quoi tout ça ? demande Ryker.

Je lui raconte en bref l'histoire de la lettre mystérieuse et de l'énigme dans le chocolat. Il pouffe.

— En voilà une mission amusante. « L'opportunité commerciale du siècle ». Si tu veux, je peux m'en charger. Puisque tu vas être occupée avec ton nouveau travail.

Je grogne tout bas.

— Tu rêves. Mais tu peux m'aider un peu.

Il ricane.

— Quelle générosité. Gryph, ça te branche ?

— Évidemment, répond le siren d'une voix suave. Je n'ai rien de mieux à faire, de toute façon.

Et c'est ainsi que c'est devenu un travail d'équipe. C'est sans doute une bonne chose. Ryker a raison, je vais être occupée à protéger lady Lara.

Gryphon me prend le papier des mains et l'étudie. Je grogne à nouveau, mais le laisse faire. Peut-être qu'il parviendra mieux que moi à déchiffrer les pattes de mouche de Benjamin.

— Intéressant, marmonne-t-il. Chaque symbole correspond à un lieu. Benjamin en a déterminé quatre, mais avait un doute sur le cinquième. J'imagine que c'est ce qu'il fait en ce moment. Il essaie de trouver ce que c'est.

— Des lieux ? répète Ryker. Explique.

— Les symboles semblent être des charades. Benjamin a griffonné la signification à côté de chacun d'eux, puis la solution. Le premier représente de l'eau, un château, un drapeau. D'après l'interprétation de Benjamin, il s'agit du gros pont de pierre au-dessus de la rivière, dont les parois ressemblent aux murs d'un château. Au milieu du pont, il y a une tour surmontée d'un drapeau. J'imagine que c'est là que se trouve le prochain indice.

Je me creuse les méninges pour savoir de quel pont il parle. Attenburgh est construite sur les deux rives d'une rivière, reliées à une dizaine d'endroits. À mon arrivée ici, j'ai présumé que les personnes aisées devaient vivre d'un côté et les citoyens pauvres de l'autre, mais, étonnamment, ils sont tous mélangés. Notre maison est située du côté nord, mais plutôt loin de la rivière, puisque nous sommes près des limites de la ville.

J'ai forcément emprunté ce pont, or je n'ai pas remarqué de drapeau.

— Ensuite, il y a une maison près du marché avec un

coquelet, un lieu sous l'eau dans la partie la plus profonde de la rivière et un sous-sol utilisé autrefois pour stocker du vin. Pour le cinquième, Benjamin a marqué plein de points d'interrogation. On verra ce qu'il dira à son retour.

— On pourrait se charger d'un lieu chacun, suggère Caitlin avec un sourire mutin.

Je sais pertinemment ce qu'elle cherche à faire. Sortir d'ici sans supervision. Je soupire.

— Et si tu emmenais Bethany ou Lily avec toi ? Je n'ai pas besoin de Beth avant demain, et ça lui fera du bien de prendre l'air. Elle passe beaucoup trop de temps dans son nouveau labo.

— Sa salle de bains, rectifie Gryphon, hilare. Comme elle le fait remarquer chaque fois.

— D'accord, concède ma sœur. Mais si elles sont occupées ou ne veulent pas y aller, je m'y rendrai seule. Je ne suis pas une enfant.

Non, en effet. Elle a traversé plus de choses que la plupart des adultes, comme nous toutes, ses sœurs. Mais comme je suis la plus âgée, j'ai le sentiment qu'il est de mon devoir de protéger les plus jeunes. Je n'ai jamais eu de famille avant, hors de question que quelqu'un me l'arrache maintenant.

— Je me charge du coquelet, dit Ryker en se léchant les lèvres. J'ai faim.

Gryphon rit.

— Tu sais que ça va très certainement être une statue ou une peinture ?

Ryker hausse les épaules.

— On peut toujours rêver.

— Puisque vous, les félins, ne voudriez jamais aller sous l'eau, je m'en charge, dit Gryphon, pour mon plus grand bonheur.

Je comptais déjà lui confier ce lieu, mais c'est cool qu'il croie que c'était sa propre idée.

— Ce qui laisse le pont et le sous-sol, résumé-je. Caitlin, tu préfères lequel ?

— Le pont. Je ne suis pas très fan des sous-sols, répond-elle en souriant courageusement.

— Très bien. Je ne sais pas ce que nous cherchons, alors restez attentifs à tout ce qui semble détonner. D'autres symboles étranges, des messages cachés, des dessins sur les murs, etc.

Ça ressemble un peu à courir après la lune, mais puisque nous n'avons pas mieux à faire, pourquoi pas ?

Je jette un dernier coup d'œil à ce que Benjamin a griffonné, puis me lève.

— Il nous reste deux heures avant le coucher du soleil. Si vous voulez contrôler vos emplacements aujourd'hui, je vous suggère de partir tout de suite.

— Je vais préparer des en-cas, propose Caitlin.

Gryphon rit.

— Nous ne partons pas en expédition. Nous jetons juste un coup d'œil, puis nous revenons à la maison.

Le sourire de Caitlin faiblit, alors j'interviens, parce que je déteste la voir malheureuse.

— Vas-y, va nous préparer quelque chose pour la route. J'ai faim, puisque personne ne s'est donné la peine de cuisiner aujourd'hui.

Je fusille les garçons du regard, qui ont la gentillesse d'avoir l'air coupables. Nous n'avons pas encore établi de routine de cuisine. Comme nous ne sommes pas souvent à la maison en même temps, il n'est pas facile de veiller à ce que chacun prenne au moins un repas chaud dans la journée. Bien sûr, ça ne pose pas de problème à Bethany et Benjamin ; ils se nourrissent d'en-cas et de malbouffe. Toutefois, nous autres avons besoin de vraie nourriture pour rester en bonne santé. Être un assassin requiert une quantité étonnante de vitamines. Et d'herbe à chats, bien sûr. C'est mon légume préféré.

Tandis que Caitlin s'occupe en cuisine, je me rends dans

mon bureau pour m'assurer qu'aucune nouvelle lettre mystérieuse ne m'y attend. Rien. Je tapote ma table de travail – une façon de lui promettre que, oui, je m'assiérai un jour devant pour me charger de la paperasse –, puis me rends dans ma chambre pour me changer. Je porte une jolie tenue, qui ne convient pas vraiment pour les sous-sols sombres et poussiéreux. J'opte pour ma presque tenue d'assassin, à savoir noire et solide, mais pas la combinaison-pantalon que je préfère. Elle, elle attirerait trop l'attention pendant la journée. Elle est parfaite pour se fondre dans la nuit, mais je ne veux pas attendre jusque-là.

L'heure est venue de résoudre un mystère… et de devenir riche au passage, avec un peu de chance.

CHAPITRE 5

*B*ien que les indications de Benjamin soient vagues, je parviens au quartier commercial après quelques fausses routes seulement. Je ne m'y suis rendue qu'une seule fois : il n'y a pas grand-chose à voir ou faire. Des ateliers et des petites boutiques côte à côte dans les rues, avec de vieux entrepôts derrière. Des artisans de tous les corps de métier y travaillent, créant des biens dans l'intimité de leurs ateliers, avant de les vendre au marché ou de les envoyer dans d'autres villes.

Comme il n'y a pas trop de monde dans les rues, je parviens à y progresser rapidement sans même filer sur les toits.

Benjamin a réduit ses recherches de localisation à la rue du Tanneur. Je mets un petit moment à la trouver. Avoir une carte aurait pu être une bonne idée, mais je n'y ai pas pensé. Je n'ai pas l'habitude de me rendre dans des lieux que je ne connais pas. Là où je vivais avant, j'aurais ri au nez de quiconque me suggérant d'avoir une carte. Bon, bientôt, je connaîtrai Attenburgh aussi bien.

La rue du Tanneur coupe l'allée du Tanneur et se trouve non loin de la cour du Tanneur. Merde. Est-ce que Benjamin était certain de la « rue » ? Peut-être vais-je devoir fouiller les sous-sols des trois lieux. Ça me prendrait une éternité.

La seule autre piste que j'ai, c'est que l'endroit servait autrefois à stocker du vin. Peut-être vais-je trouver une vieille cave viticole, même si cela me paraît trop facile.

Je soupire. Pour gagner du temps, je vais devoir parler à des gens. À des humains. Ce que j'évite de faire au maximum. J'ai déjà bien trop socialisé aujourd'hui, en restant une heure avec lady Lara. Mais je n'ai pas de meilleure option.

Argh.

Je m'approche d'une vieille dame assise sur un banc en bois à l'extérieur d'un magasin. Elle est en train de tricoter, les yeux fermés pour savourer le soleil. Presque comme un chat. Je suis tentée de me transformer pour l'imiter et rester simplement allongée à absorber la chaleur du soleil. Cela attirerait trop l'attention. Et quelques fourches et couteaux aussi.

— Excusez-moi, dis-je le plus gentiment possible. Savez-vous s'il y avait une cave viticole autrefois par ici ? Ou bien un commerce de vin ?

Même si elle n'ouvre pas les yeux, un sourire étire son visage ridé.

— Vous êtes la deuxième personne à me poser la question aujourd'hui, ma chère. Vous vendez du vin ?

— Non, je m'y intéresse à titre personnel.

— Eh bien, navrée de vous décevoir. Je vis ici depuis quatre-vingts ans, et il n'y a jamais eu le moindre commerce de vin par ici. Les gens boivent plutôt de la bière ou du whisky.

Elle pouffe.

— Pour trouver du vin, vous allez devoir vous rendre ailleurs. La seule chose que les gens d'ici font avec du raisin, c'est du vinaigre.

Du raisin. Produit à partir de vinaigre. Est-ce possible que ce soit ça ?

J'aurais aimé pouvoir déchiffrer les symboles moi-même. En

l'état, j'ignore complètement à quel point ils sont précis. Peut-être qu'il n'était pas question de vin, mais de raisin, et que Benjamin a surtout présumé que ce serait du vin ? Dans un cas comme dans l'autre, c'est ma seule piste.

— Sauriez-vous où du vinaigre pourrait être stocké ? demandé-je à la femme. Dans une cave, peut-être ?

— Je crois qu'il y en a une dans la cour du Tanneur, répond-elle, pensive. Prenez la rue à partir d'ici, vous tomberez sur un bâtiment en ruine sur votre droite. Deux ou trois maisons plus loin, il y a une ancienne distillerie. Je ne sais cependant pas s'il reste du vinaigre.

— Je vais aller voir. Je vous remercie.

Alors que je m'apprête à partir, un détail me revient en mémoire.

— L'autre personne qui vous a interrogée, à quoi ressemblait-elle ?

La vieille femme pouffe.

— Oh, ma chère, comment voulez-vous que je le sache ?

Elle ouvre les yeux pour la première fois, révélant des pupilles laiteuses. Elle est aveugle.

— Désolée, marmonné-je.

— Je peux au moins vous dire que c'était un homme, et qu'il avait un cheveu sur la langue. Quelqu'un d'ici, sans aucun doute. Mais c'est tout ce que je peux vous dire.

— Merci, vous m'avez été d'une grande aide.

Son sourire s'élargit.

— Je suis contente de pouvoir encore être utile de temps à autre. Avant que vous ne partiez, j'ai cru sentir une odeur de chat. Y en a-t-il un par ici ? J'adore caresser les chats.

Oups. C'est moi qu'elle a dû sentir. Malgré tout, c'est un souhait que je peux exaucer sans peine. Je siffle sur une fréquence très aiguë, inaudible pour des oreilles humaines, mais suffisamment forte pour alerter n'importe quel chat du coin.

Quelques secondes plus tard à peine apparaît un chat

couleur de nuit. C'est l'un de ceux de Ryker. Si je ne connais pas son nom, je reconnais ses trois pattes blanches.

Il me jette un regard interrogateur. Je lui indique la vieille dame d'un signe de la tête et lui envoie un message mental. Il se met à ronronner et bondit sur le banc, se blottissant contre ses cuisses.

— Oh, vous avez trouvé le chat ! s'exclame-t-elle en lui caressant la tête.

Il ronronne encore plus fort et ferme les yeux, savourant à la fois l'attention et le soleil.

Quel veinard.

Je les laisse tous les deux et me dirige vers la cour du Tanneur, dépassant la maison en ruine, conformément aux indications de la vieille dame. La rue est calme, presque trop. La plupart des bâtiments ici sont délabrés, et je doute qu'ils servent encore. L'endroit parfait pour mener des activités louches.

Je trouve sans peine la maison en question, trahie par son enseigne. Curieusement, la grappe de raisin sur le panneau est entourée de trois os formant un triangle. Du vinaigre assez puissant pour tuer ? Ou bien se servaient-ils d'os en guise d'ingrédient secret ? Bonne question.

J'étends mes sens. Le bâtiment est abandonné et personne ne s'y est rendu depuis des jours. L'autre type qui le cherchait n'a pas dû le trouver. Peut-être que la vieille dame ne lui a pas parlé de la distillerie de vinaigre. Ou bien il n'a pas écouté. Comme la plupart des hommes.

Tout en m'assurant que personne ne m'observe, je teste la poignée. Elle est déverrouillée. Soit j'ai de la chance, soit quelqu'un me facilite les choses. Beaucoup trop.

Je pénètre dans le bâtiment en restant en alerte. De la poussière jonche le sol. Quelques empreintes de pas restent visibles, mais remontent à plusieurs mois, d'après la saleté qui les recouvre presque. La pièce est totalement vide, à l'exception de quelques meubles en bois dans un coin. Comme si quelqu'un avait prévu de les déménager ailleurs, puis les avait oubliés.

De l'autre côté se trouvent deux portes. L'une, ouverte, mène à un escalier, tandis que l'autre est fermée. Je m'approche de celle-ci, marchant de mon pas le plus léger. Malgré tout, il m'est impossible de masquer mes empreintes dans la poussière.

La porte a beau être verrouillée, elle ne peut pas résister à mes talents en crochetage. Elle s'ouvre en grinçant. Je pense que les gonds n'ont pas été huilés depuis vingt ans, au moins. Comme je l'espérais, un escalier étroit mène à un sous-sol. Bingo.

L'air est étouffant dans la cave, comme si tout l'oxygène y avait été aspiré. L'odeur âcre du vinaigre me picote le nez et me brûle la gorge. Fichus sens hypersensibles. Je préférerais être humaine, parfois, et ignorer combien le monde peut être intense.

À l'instar de la pièce au-dessus, la cave est presque vide. Deux rangées d'étagères sur les murs de chaque côté, si vieilles que je ne prendrais jamais le risque d'y poser quelque chose de lourd. Une minuscule fenêtre juste au-dessus laisse passer un peu de lumière, juste assez pour que j'y voie.

Un tonneau trône, seul, au centre de la pièce. Bizarre. J'ai de nouveau un mauvais pressentiment. C'est trop facile. Il doit y avoir un piège. Ou bien autre chose, qui rendrait la tâche plus difficile et plus dangereuse.

Sinon, je suis très déçue par les criminels d'Attenburgh.

Je fais le tour du fût, m'assurant qu'il n'y a aucun fil de détente ou autre obstacle. Rien. Quel ennui. Ça fait des lustres que je ne suis pas tombée sur un piège mortel correct. À l'époque de la Meute, ils nous faisaient faire des courses d'obstacles, au cours desquelles nous étions parfois gravement blessés, voire où nous pouvions mourir. J'ai failli perdre un doigt, un jour. Cet entraînement m'a beaucoup appris, malgré ma haine de la Meute.

Une fois certaine qu'il n'y a aucun piège, je lance un couteau contre le couvercle du tonneau, qui éclate en plusieurs morceaux. Je doute que ce soit intentionnel ; c'est sans doute juste un effet secondaire dû à l'âge. Avec prudence, je m'approche du fût et jette un coup d'œil à l'intérieur. Il y a une enveloppe au fond, dont le papier blanc offre un contraste saisissant avec l'environnement poussiéreux. Je tends le bras et l'attrape.

Quel ennui. Où sont les pièges quand je les attends ?

Par habitude, je renifle l'enveloppe… et souris. Enfin. Les Attenbourgeois – c'est comme ça qu'ils s'appellent ? – aiment vraiment le poison.

Si je ne fais pas erreur, il s'agit du Baiser du Seigneur, un poison mortel affectionné par l'aristocratie. Il agit vite, sans douleur et est difficile à repérer quand il est caché dans de la nourriture ou des boissons. Toutefois, à l'intérieur d'une enveloppe, l'odeur caractéristique de roses moisies est facile à détecter.

Je mets l'enveloppe dans un sachet scellé, pour être sûre qu'elle ne contamine rien de ce qui se trouve dans mes poches. Il est temps de rentrer chez moi et de regarder de plus près ce que j'ai trouvé… après avoir retiré le poison. Je n'ai pas l'intention de mourir aujourd'hui.

On dirait que je suis la première de retour. Je me rends dans le labo-salle de bains de Bethany et commence à préparer l'enveloppe. Le Baiser du Seigneur ne s'active qu'au contact de l'eau, voilà pourquoi c'est dans les boissons qu'il est le plus efficace. Toutefois, si même quelques grains entrent dans ma bouche et se mélangent à ma salive, je mourrai en quelques jours.

Je ralentis ma respiration et pince les lèvres tandis que je vide l'enveloppe. Plutôt que de me débarrasser du poison, je le stocke dans une petite boîte. Je serais folle de jeter une substance si coûteuse. J'en aurai peut-être l'utilité à l'avenir, et sinon, l'un de mes collègues sans doute.

Je nettoie l'enveloppe et la lettre à l'intérieur à l'aide d'une solution au vinaigre – c'est de circonstance – jusqu'à être certaine qu'il ne reste plus de poison.

Je vais enfin pouvoir lire la mystérieuse lettre. Il m'a fallu très longtemps rien que pour trouver cette enveloppe. J'espère que ça en vaut la peine.

CHAPITRE 6

Benjamin est au salon et broie du noir. Deux chats lui tiennent compagnie : l'un d'eux est allongé sur le dos et ronfle doucement.

— Tu as trouvé ce que tu cherchais ? demandé-je.

Il ne me regarde pas, il continue à fixer son livre, un petit ouvrage relié de cuir que je n'ai jamais vu avant. Il a dû le dénicher ou l'acheter.

— C'est quoi ce livre ?

Toujours aucune réponse.

Je soupire.

— Le chat a mangé ta langue ?

Enfin, il lève la tête et me fusille du regard. Puis il ouvre la bouche.

J'inspire vivement. Beurk. L'intérieur est vert vif et sa langue a doublé de volume. Pas étonnant qu'il ne parle pas.

— Que t'est-il arrivé, bon sang ?

Il indique le livre.

— Un piège ?

Il opine.

— Aïe. Ça fait mal ?

À mon grand soulagement, il secoue la tête. Je ne crois pas avoir déjà entendu parler d'un poison avec ce genre d'effet. Peut-être que Bethany en saura plus. Espérons qu'elle revienne bientôt. Même si Benjamin ne semble pas avoir d'autres symptômes, je préférerais éviter qu'il tombe encore plus malade. Ou qu'il soit condamné à avoir une énorme langue verte jusqu'à la fin de ses jours.

— J'imagine que tu as trouvé le livre à l'endroit indiqué par le symbole ?

Il acquiesce et me tend l'objet, plus lourd qu'il n'y paraît. Les pages sont épaisses, il n'y en a donc pas beaucoup. Ce serait rapide à lire, si seulement elles n'étaient pas toutes blanches.

Je soupire.

— Pourquoi ils ne pourraient pas faire simple, juste une fois ? Tu as déjà essayé l'essence d'oie ?

Il secoue la tête et indique sa bouche.

— Ah oui, tu as autre chose à penser. Je vais aller en chercher au labo. Nous saurons très vite si c'est de l'encre invisible.

S'il existe plusieurs procédés pour rendre les mots illisibles, l'une des méthodes classiques pour les faire réapparaître consiste à utiliser de l'essence d'oie. Pour ce que j'en sais, aucun rapport avec les oies. Je ne sais pas du tout d'où leur est venu ce nom, mais je m'en fiche. Tant que ça fonctionne, ça pourrait tout aussi bien s'appeler les Ovaires Sanglants de Kat. Ou pas, en fait.

Lorsque je retourne au salon avec une bouteille d'essence d'oie, Benjamin a trouvé un petit miroir et y observe sa langue sous toutes les coutures en faisant des grimaces.

— Hhhhrmph.

— Désolée, je ne te comprends pas.

Il lève les yeux au ciel.

— Offffffff hffffff.

— Non, toujours pas. Mieux vaut que tu évites de parler. Pour ton bien et celui de ta dignité.

Il me lance un regard assassin, mais ferme la bouche.

— Les chatons, vous pourriez trouver Bethany ? Gryphon aussi, au cas où. Miaulez un peu, ils comprendront.

Ils me jettent un coup d'œil agacé, mais, dévoués, descendent du canapé et quittent la pièce. Ryker les a bien formés. Ils savent qu'ils ont un foyer sécurisé ici, doté d'autant de nourriture qu'ils en ont besoin, tant qu'ils travaillent pour. Comparé à ce que j'ai dû faire pendant mon enfance, ils vivent pratiquement dans un hôtel cinq étoiles. Herbe à chats incluse.

Je pose le livre de Benjamin sur la table basse et, à l'aide d'une brosse, transfère une petite quantité d'essence d'oie sur la première page. L'effet est quasi immédiat.

Une écriture manuscrite soignée apparaît à l'encre bleue, très différente des gribouillis que Benjamin nous a laissés plus tôt dans la journée.

Le seul problème, c'est que c'est écrit dans un langage différent.

— Tu as une idée de ce que ça signifie ? demandé-je à Benjamin.

Il se penche vers le livre, mais secoue la tête.

— Hhhhhhhhhrrmppphh.

— Oui, j'avais compris quand tu as secoué la tête. Ne parle pas. Continue à mettre de l'essence d'oie sur les autres pages, peut-être qu'elles ne sont pas toutes écrites dans la même langue. Je vais chercher la lettre que j'ai trouvée.

Bien que certaine d'avoir retiré toute trace de poison, je retiens tout de même ma respiration quand je déplie la lettre, juste au cas où. Je n'y ai jeté qu'un bref coup d'œil dans le labo, qui m'a permis de voir que quelque chose était noté dessus. J'avais voulu faire durer le suspense un peu plus longtemps.

• • •

Félicitations. Vous m'avez trouvée. Je suis l'une des cinq pièces du puzzle. Assemblez-moi avec mes amies et vous saurez où vous rendre ensuite. Pour vous récompenser d'être arrivé(e) aussi loin sans mourir en cours de route, voilà un gage de notre appréciation.

Un code à six chiffres est écrit sous le message dactylographié.

— Voilà qui est intéressant, marmonné-je. On dirait que nous avons deux pièces du puzzle, même si j'ignore où il se trouve lui-même. Ce n'est qu'une lettre, n'est-ce pas ? Plus un nombre dont nous ne savons pas quoi faire.

— Hhhhhhmmmmmrrrrr.

Benjamin me fait signe de lui donner la lettre. Je la lui tends, et il verse de l'essence d'oie dessus. Ah, bien pensé.

— Aaaaaahhhffffm !

Une image apparaît sous le texte tapé à la machine. Non, une carte. Voilà qui est pratique.

— Bien joué, le félicité-je en récupérant la lettre. C'est une carte d'Attenburgh. Pas complète, juste la partie sud de la rivière Atten. Il y a deux points sur la carte. L'un d'eux n'est pas très loin d'ici.

Percevant un son au loin, j'agite l'oreille, avant de me rendre compte que je suis humaine et que je ne peux pas faire ça. Bon, d'accord. Disons que je l'agite de façon métaphorique. Il s'agit de Gryphon, en compagnie de deux chats.

— Gryphon arrive, dis-je à Benjamin.

Pauvre humain et ses faibles sens.

— Il va pouvoir jeter un coup d'œil à ta langue. C'est pratique d'avoir un presque médecin dans la famille, n'est-ce pas ?

Il opine faiblement. Peut-être que je me trompe, mais j'ai l'impression que ses lèvres aussi virent au vert. Ce n'est pas bon signe. Espérons que Bethany revienne bientôt. C'est une experte en poisons, contrairement à moi. Capable de parfois connaître la recette d'un antidote sans avoir rien lu à ce sujet, elle a un vrai instinct les concernant. J'aurais pu croire qu'elle avait une sorcière dans ses ancêtres, si celles-ci existaient.

— Nous sommes au salon ! crié-je dès que Gryphon entre dans la maison.

Il se précipite dans la pièce, à bout de souffle.

— Qu'est-ce qui ne va pas ? Tu es blessée ? Le chat s'est montré très insistant pour que je vienne tout de suite et…

J'indique Benjamin sans un mot. Il ouvre la bouche pour révéler sa langue verte.

— Ah !

Gryphon soupire, visiblement soulagé que ce ne soit pas moi qui ai besoin d'aide.

— Ça a l'air… intéressant.

Ben le fusille du regard.

— Une sorte de poison, expliqué-je. La lettre que j'ai trouvée était recouverte de Baiser du Seigneur, mais je ne sais pas avec quelle substance Benjamin est entré en contact. J'ai envoyé les chats chercher Bethany, puisqu'elle n'est pas encore rentrée.

Gryphon opine et s'agenouille devant notre collègue pour l'examiner.

— Dis « Ahhh ».

Le voleur lui lance un regard assassin, mais ouvre la bouche et gargouille quelque chose ressemblant vaguement à ce que le siren lui a demandé.

— Kat, va chercher ma trousse de secours, s'il te plaît. Je vais avoir besoin d'outils pour ça.

Benjamin écarquille les yeux, imaginant sans doute des scalpels et des injections, tout comme moi. Pauvre petit.

Je vais récupérer le matériel médical de Gryphon dans sa chambre, puis passe à la cuisine prendre de quoi grignoter. Je doute que Ben veuille manger dans son état, mais moi, j'ai un petit creux. Je vais essayer de ne pas le rendre jaloux.

Lorsque je retourne au salon, je ne peux m'empêcher de pouffer en voyant Benjamin allongé sur le canapé et Gryphon assis sur ses hanches, comme s'ils étaient en pleine partie de jambes en l'air torride. Gryphon se tourne vers moi et lève les yeux au ciel.

— Ce n'est pas ce que tu crois.

— Je ne crois rien du tout. Mais tu devrais peut-être soigner Benjamin avant d'explorer tes tendances gay.

Il agite les sourcils.

— Ce ne sont pas que des tendances.

— Oh ? Raconte-moi tout.

Il me décoche un grand sourire, puis reporte son attention sur le pauvre voleur, qui a toujours la bouche ouverte. Je n'envie pas les dentistes. Je parie qu'ils doivent voir des choses vraiment repoussantes parfois.

— Scalpel, me lance-t-il de sa plus belle voix de médecin, et Ben tressaille de peur et pousse un cri perçant.

Gryphon explose de rire.

— Très bien, donne-moi plutôt l'abaisse-langue. Et des gants. Je n'ai vraiment pas envie de toucher cette langue monstrueuse.

— Hrrrrrmphhhh.

Je lui tends le matériel, contente que ce soit lui qui s'en charge et non moi. Je ne suis pas délicate – après tout, mon gagne-pain consiste à torturer les gens –, mais voir la bouche verte de Benjamin a un effet étrange sur mon estomac. Heureusement que j'ai reconnu le Baiser du Seigneur, sinon je serais dans le même état que lui, voire pire.

Des pas à l'extérieur m'annoncent de nouveaux arrivants. Bethany, Caitlin et Lily. Cela m'offre une bonne excuse pour sortir de la pièce et me frotter les yeux pour effacer toutes les images gravées sur mes rétines. Pas cette histoire de langue.

Mais celle de Gryphon chevauchant Benjamin. C'est étrangement excitant, à condition de remplacer Benjamin par quelqu'un d'autre. Car rien chez lui ne m'excite ; ce n'est qu'un gamin maigrichon.

— Coucou, mon ange, je suis rentrée ! crie Lily dès qu'elle franchit la porte d'entrée. Mes anges. C'est ce que je devrais dire au pluriel ? Je vais peut-être m'en tenir à « mes chéris ».

Je lève les yeux au ciel. Elle est dans une de ses humeurs de succube, où elle trouve tout le monde mignon et adorable. J'espère qu'elle n'essaiera pas à nouveau de m'embrasser.

— J'ai croisé Bethany et Caitlin en route, babille-t-elle très vite. Comme elles semblaient pressées, je les ai suivies plutôt que d'aller chez l'un de mes copains pour prendre un petit apéritif. Tu sais, celui dont je t'ai parlé, avec les cuisses puissantes et la longue…

— Ferme-la, grogne Bethany. Tu commences à me faire apprécier le célibat. Quel est le problème, Kat ? Pourquoi m'as-tu demandé de revenir ?

— Benjamin a fait une malencontreuse rencontre avec un poison. Gryphon s'occupe de lui, mais je pense que tu devrais y jeter un coup d'œil.

— Le siren essaie de rectifier un empoisonnement ? Ha ha, genre.

Elle se dirige à grands pas vers le salon, suivie par Caitlin, me laissant seule avec Lily. Nous échangeons un regard et éclatons de rire.

— Elle est tellement mignonne, murmure Lily, gémissant à moitié. Je me demande si elle…

— Non. Pas de relations entre les employés de M.I.A.O.U. Tu connais la règle.

— N'importe quoi. Ça s'applique aussi à Bethany et Benjamin ? Si tu pouvais sentir leur attirance…

Leur attirance ? Je renifle, mais ne perçois aucune trace d'excitation. J'espère que Lily se fiche juste de moi. Les deux B ensemble… je ne les imagine pas en couple. Benjamin est trop jeune, et Beth trop instable et égoïste. Elle est une épave, même dans ses bons jours. Avoir une relation relèverait du miracle, pour elle. Je ne crois pas aux miracles.

— Beth m'a parlé de l'étrange chasse au trésor dans laquelle tu t'es lancée. C'est typique de vous. Dès que je quitte la maison, vous partez à l'aventure. Vous avez trouvé le trésor ?

Je secoue la tête.

— Seulement d'autres pièces du puzzle. Nous devons encore attendre le retour de Ryker pour voir ce que nous avons tous découvert. En espérant que Bethany ait eu le temps de se rendre là où elle devait avant que les chats ne lui disent de rentrer.

— Oui, elle a réussi, elle m'en a parlé. Caitlin a grimpé sur la tour du pont, et des gens ont cru qu'elle allait sauter. Ça a créé un certain grabuge, apparemment.

Je grimace. Pile l'inverse de ce que je voulais. Nous sommes censés faire profil bas, tous, mais surtout elle. J'aurais dû lui dire de rester à la maison.

— Je sais à quoi tu penses, poursuit Lily en agitant son index devant mon visage. Mais tu dois lui laisser sa liberté. La garder enfermée à la maison ne fera qu'empirer les choses. Elle a besoin de respirer et de se trouver. Toute sa vie, elle a reçu des ordres. Elle ne sait sans doute pas qui elle est réellement. Et ce n'est pas dans cette maison qu'elle trouvera la réponse.

— Elle ne la trouvera pas non plus si elle se fait arrêter parce que les gens la pensent suicidaire, répliqué-je sèchement. En plus, c'est ma sœur. C'est mon devoir de la protéger.

— Il y a une différence entre protéger et étouffer. Pour l'instant, tu as tendance à faire le deuxième.

Je grimace.

— C'est parce que je suis une tueuse, je suis douée pour étouffer. À mort.

Lily éclate de rire.

— Pourvu qu'elle ne t'entende pas.

— J'ai entendu ! s'écrie l'intéressée depuis le salon.

Merde, j'ai oublié qu'elle possède les mêmes sens aiguisés que moi. C'est difficile d'avoir des secrets quand la moitié des habitants de cette maison peuvent entendre tout ce qui se dit entre ses murs.

Ses mots sont suivis par un cri horrible. Benjamin. Merde.

Je me rue au salon, me préparant au pire, mais je m'immobilise brusquement dès que j'ai passé la porte. Benjamin est assis sur le canapé, plus vert du tout, et hilare face à mon expression.

— Guéri, déclare Bethany avec un sourire fier. C'était plus facile que je le pensais.

Je fusille Benjamin du regard. C'est rare que les gens parviennent à me faire peur. Je me suis trop attachée, c'est pour ça. Je deviens trop humaine. Il faut que ça change.

— Qu'est-ce que c'était ? demandé-je à Beth en ignorant consciencieusement le voleur.

— Un mélange de plusieurs poisons. Je lui ai nettoyé la bouche au vinaigre, puis…

— Attends, au vinaigre ? la coupé-je. C'est une étrange coïncidence.

— Pourquoi ?

Je lui explique le lien.

— Peut-être que les cinq pièces du puzzle sont liées, commente-t-elle pensivement. Peut-être qu'elles offrent toutes un poison et son antidote. Je vais devoir trouver ce dernier, d'ailleurs. Pour l'instant, je vais me laver les mains. Je n'ai pas envie d'être mouchetée de vert.

Non, moi non plus.

Gryphon la suit afin de nettoyer son matériel, dont il semblerait qu'il n'ait pas eu tant besoin. C'est Bethany qui s'est chargée de la guérison. Elle qui est très douée pour empoisonner les gens, je commence à me dire qu'elle l'est encore plus pour faire l'inverse.

On dirait que nous changeons tous. Je suis passée de tueuse à garde du corps. Bethany, d'empoisonneuse à guérisseuse. Si je n'y prends pas garde, nous allons finir par devenir tous de bons samaritains protégeant les innocents et dirigeant un hôpital pour les pauvres.

Oui, c'est ça. Hors de question.

CHAPITRE 7

Le temps que nous soyons tous réunis au salon, la nuit est tombée. Lily nous a préparé des sandwiches, que nous avons engloutis à une vitesse record. Le seul manquant à l'appel, c'est Lennox. Son absence laisse une sorte de vide en moi, que je n'arrive pas à définir.

Tout le monde a inspecté la carte que j'ai trouvée et le livre que Benjamin a découvert. Malheureusement, aucun d'eux n'a reconnu le langage non plus. Gryphon a rapporté une autre lettre, Ryker un petit médaillon et Caitlin une boîte en bois ressemblant à un mini-cercueil de la taille d'un écrin à stylo.

Bien que Bethany se soit assurée qu'il n'y ait de poison sur aucun des objets, nous ferons quand même preuve de prudence en ouvrant l'écrin et le médaillon.

Nous avons étalé nos trouvailles au centre de la table basse. Quel curieux assortiment d'objets. L'organisateur de cette chasse au trésor a fait beaucoup d'efforts pour s'assurer que seules les personnes possédant certaines capacités et connaissances puissent découvrir le fin mot de cette histoire. Quelqu'un ne s'y connaissant pas en poison serait déjà mort.

Peut-être y en a-t-il eu. J'aurais aimé savoir combien de gens ont reçu cette lettre.

Je me rends compte qu'ils attendent tous que je prenne les choses en main. À moins que nous ne soyons tous dans un coma post-dîner et ne voulions pas faire chauffer nos cerveaux. Peu importe, je soulève le médaillon et l'étudie de près. Il est fait d'un métal sans valeur, et il n'y a aucune inscription ou décoration pouvant donner un indice sur son contenu. On dirait qu'il était autrefois attaché à une chaîne, mais il est tout seul aujourd'hui. J'enfile mes gants en cuir et m'assure que personne n'est assis trop près.

— Retenez votre respiration, ordonné-je avant d'ouvrir.

Je m'attends presque à y trouver du poison – ce serait dans le thème. Cependant, tout ce qu'il contient, c'est une petite clé en plastique, assortie à celle que j'ai trouvée dans le chocolat. Les encoches semblent légèrement différentes, mais je parie qu'il faut les insérer toutes les deux en même temps pour ouvrir une serrure particulière.

Benjamin me prend les clés des mains et les observe.

— Je peux en faire des copies, juste au cas où. Comme ça, si l'un de nous tombe par hasard sur la serrure qu'elles ouvrent, nous n'aurons pas besoin de revenir ici.

— Bien pensé. Il y en a peut-être une autre dans la boîte, aussi.

Je m'assure une nouvelle fois qu'ils cessent de respirer le temps que j'ouvre cette dernière prudemment. Une mince fiole se trouve à l'intérieur, protégée par un écrin de velours vert et contenant un liquide clair. Je la tends à Bethany, dont les yeux se mettent à luire d'intérêt.

Elle ôte le bouchon du flacon et renifle, puis se met à rire.

— Je pense que c'est l'antidote à ce que Benjamin a reçu. Ça contient du vinaigre, plus quelques autres substances. J'étudierai ça de plus près dans mon labo, ça nous en dira peut-être plus sur son origine. Mais je doute que ce soit pertinent pour le puzzle. C'est juste une façon de s'assurer que tous les aventuriers ne meurent pas.

Des aventuriers. C'est ce que nous sommes, d'une certaine façon. Des détectives. Des chercheurs.

Il ne reste plus que l'enveloppe que Gryphon a rapportée.

— Tu as dû te mouiller ? lui demande Caitlin. Puisque tu as choisi l'emplacement sous l'eau ?

Il rit.

— Non, par chance. C'était un tunnel sous la rivière. Assez moite et humide, rempli de crottes de rats, mais au moins, je n'ai pas eu à nager dans l'eau glacée.

Caitlin se lèche les lèvres.

— J'aurais peut-être dû venir. J'adore les rats.

Un silence gêné suit sa déclaration. En quatre mots à peine, elle a réussi à souligner sa différence. Je présume qu'ils ne lui donnaient pas à manger, comme cela nous arrivait aussi au sein de la Meute. Mais au moins, nous avions le droit de parcourir la ville, pour nos missions, ce qui m'a donné l'opportunité de voler de la nourriture au marché. Elle n'a pas eu la même chance. Alors elle a mangé des rats.

Un frisson me parcourt l'échine. Si je n'avais pas déjà tué les dirigeants de la Meute, je recommencerais à l'infini. En employant bien plus de moyens de torture. Même si j'ai fait de mauvaises choses, je ne me considère pas comme diabolique. Eux, en revanche, sont pourris jusqu'à la moelle et malades. On m'a *enseigné* à prendre du plaisir à tuer. Eux sont nés diaboliques.

Gryphon se racle la gorge.

— Kat, tu vas ouvrir cette enveloppe ? Je n'ai pas eu le temps de le faire, ton chaton est arrivé à ce moment-là.

— J'ai jeté un petit coup d'œil à l'intérieur quand je m'assurais qu'il ne restait pas de poison, avoua Beth. Ne vous emballez pas trop, c'est inintéressant.

— Qu'il n'en *restait* pas ? répété-je. Ça veut dire qu'il y en a eu à l'intérieur ?

— Oui. Du Baiser du Seigneur, comme dans ton enveloppe. C'est un peu nul, si tu me demandes mon avis. On dirait qu'ils ne connaissent pas d'autres poisons.

— Tout le monde ne possède pas son propre labo.

— Labo de bains, me corrige-t-elle. Et oui, je te le rappellerai jusqu'à ce que tu m'en construises un vrai.

Je soupire.

— Tu sais que tu n'en auras pas tant que je ne serai pas certaine que nous restons ici ? Alors arrête de te plaindre. On a essayé de faire au mieux avec ce qu'on avait à notre disposition.

Elle marmonne tout bas quelque chose que je fais sciemment mine de ne pas entendre. Je suis trop lasse pour me lancer dans une nouvelle dispute avec elle. Il se fait tard, et je dois retrouver lady Lara demain.

Je prends l'enveloppe et en sors une feuille de papier. La police est la même que sur la lettre que j'ai découverte. Celle-ci n'a cependant pas beaucoup de sens. Elle n'est qu'une succession de lettres et de chiffres s'entremêlant de façon visiblement aléatoire. Je ne distingue aucun schéma, mais je ne suis pas une experte non plus.

Je tends le tout à Lily.

— Ça, c'est pour toi. C'est peut-être la clé pour déchiffrer le code qui est dans le livre ?

Je peux pratiquement humer son excitation.

— Je vais regarder, mais ça peut prendre un moment. Craquer un code n'est pas rapide.

Je bâille.

— Tu as tout ce dont tu as besoin. Je vais me coucher, je dois me lever tôt demain. Bethany, tu veux m'accompagner à la mairie ? Tu devras t'assurer qu'il n'y a aucun poison caché dans les cuisines et mettre en place des procédures pour que rien de dangereux ne puisse être glissé dans la nourriture de lady Lara.

— À quelle heure ? réplique-t-elle, les sourcils froncés.

— Avant notre lever habituel à toutes les deux. Mais plus vite nous recevons l'argent du maire, plus vite nous pourrons ajouter des équipements à ton labo.

Ses yeux pétillent à cette idée.

— Je pourrai avoir une nouvelle centrifugeuse. Et peut-être...

— Viens demain, déjà, et nous en reparlerons.

Je bâille.

— Ryker, peux-tu demander à tes chats de surveiller la mairie et voir s'il y a quelque chose d'étrange ? Gryphon, peux-tu te charger de recruter de nouveaux agents de sécurité ?

Les deux hommes opinent. Ils sont bien plus faciles à gérer que Bethany.

— Et moi ? intervient Caitlin. Qu'est-ce que je peux faire ?

Elle semble si désespérée d'agir que je prends une décision que je vais sans doute regretter.

— Je te nomme responsable de ce puzzle. Tu peux travailler avec qui tu veux, ceux qui ont les capacités ou le temps de t'aider, comme Lily qui déchiffre le code, mais c'est toi qui devras assembler toutes les pièces. Tu penses pouvoir t'en charger ?

Elle opine avec enthousiasme.

— Je ne te décevrai pas.

— J'en suis sûre, rétorqué-je gentiment. Mais pour l'heure, allons nous coucher. La journée a été longue.

❊ ❊ ❊ ❊ ❊ ❊

Ryker et Gryphon finissent dans mon lit. Le premier aime dormir nu, tandis que le deuxième porte un bas de pyjama en soie. Espèce de snob.

Ainsi entourée par eux, je sens ma fatigue refluer légèrement, surtout quand Gryphon passe la main sous mon haut. Pour ma part, je préfère dormir avec un tee-shirt surdimensionné et une culotte. En cas d'urgence, je ne veux pas me trimballer nue – et dans mon domaine d'activité, les urgences arrivent souvent, même s'il ne s'agit parfois que de s'en prendre immédiatement à une cible contre un salaire intéressant.

Cela dit, mes hommes aiment mon tee-shirt, qui leur laisse un accès privilégié à certaines zones. Ils se rapprochent, et je me retrouve prise en sandwich entre eux. Gryphon prend mes seins dans ses paumes, les massant gentiment, comme j'aime, pendant que Ryker fourre ses doigts entre mes jambes après avoir descendu ma culotte.

Je gémis lorsqu'il me pénètre tout en frottant mon clitoris avec son pouce. Il sait exactement comment jouer de moi comme d'un instrument, m'arrachant des gémissements telles des notes sur un violon. Quand Gryphon retire ses mains de ma poitrine, je grogne pour protester, mais ensuite, ses lèvres se referment sur mon téton, et tout va de nouveau mieux. Il le suce, le mordille, le suce encore un peu, et je suis envahie d'un désir brut. Ça ne me suffit pas.

Je m'arc-boute, lui fourrant ni plus ni moins mes seins dans la bouche, tout en indiquant à Ryker que j'ai besoin de plus que ses doigts. Mon siren éclate de rire et caresse mon autre téton d'une main, et ma lèvre de l'autre. Je suce ses doigts avec passion, comme s'ils étaient une autre partie de son anatomie. Je tourne la tête, pour voir s'il est prêt. Oh, oui. Aucun doute.

Ryker enfonce un troisième doigt en moi. J'incline le bassin vers lui, espérant qu'il puisse atteindre des zones plus lointaines de mon intimité. Il me prend avec ses doigts tout en me caressant le clitoris sans relâche. Je suis près du bord du gouffre, mais ça ne suffit pas encore. Jusqu'à ce qu'il m'embrasse entre les jambes et se mette à laper mon nectar.

Je jouis dans un cri alors que sa langue touche mon clitoris, me transportant vers de nouvelles hauteurs de plaisir. Je décolle, portée par mes deux compagnons, en sécurité dans leurs bras, loin des ennuis et des soucis.

Je suis tellement perdue dans l'instant que je ne réalise la présence d'une autre personne dans la pièce qu'en sentant le lit se creuser sous le poids supplémentaire.

— Je vois que vous avez commencé sans moi, murmure Lennox. J'espère que tu n'es pas trop fatiguée pour sentir un loup en toi.

CHAPITRE 8

Au réveil, je me sens étonnamment reposée. Oui, je bâille plusieurs fois, mais plus par habitude qu'autre chose.

Les trois hommes dorment toujours. Gryphon et Ryker sont toujours chacun d'un côté de moi, et Lennox est blotti à mes pieds. Idiot de chien. Sa peau est brillante, presque scintillante, comme chaque fois après la pleine lune. Il sera plein d'énergie les jours à venir. Je souris. Je vais m'assurer que mon planning comporte quelques parties de jambes en l'air avec lui. Il devient grognon quand il ne peut pas dépenser cette énergie… et en prime, le sexe avec un loup hyperactif est légendaire. Vous ne connaissez pas le vrai sexe tant que vous n'avez pas rencontré un loup affamé, ou un siren vous séduisant de sa magie, ou un chat métamorphe galvanisé à l'herbe à chats. Par chance, j'ai les trois à ma disposition.

Je sors du lit sans discrétion. Si je dois me lever, alors eux aussi. Avoir une relation, ça veut bien dire tout partager, n'est-ce pas ? Y compris les levers matinaux.

— Tu vas où ? demande Lennox en bâillant bruyamment.

Ah. Il ne sait pas ce qu'il s'est passé hier.

— Je te le dirai pendant le petit déjeuner. Tu as raté plein de choses.

Il m'adresse un regard de chiot.

— Très bien, si tu ne veux pas manger avec moi, les gars te diront tout. J'ai rendez-vous avec le maire, et j'étais en retard hier. Je ne veux pas recommencer aujourd'hui.

— Le maire ? Tu as obtenu le boulot ?

— N'aie pas l'air si surpris. J'étais la meilleure candidate. J'ai survécu à l'entretien, y compris la tentative d'empoisonnement.

Il écarquille les yeux.

— D'accord, je crois que j'ai envie d'entendre cette histoire, tout compte fait.

Je lui fais un rapport complet des événements de la veille, tout en préparant des œufs sur du pain grillé. Tout est très brun – je préfère éviter d'employer le mot « brûlé » –, mais c'est mangeable. Lennox se plaint, comme toujours, mais si ça ne lui plaît pas, il n'avait qu'à cuisiner. Je fais taire ses gémissements d'un regard mauvais.

— Si tu veux mieux manger, trouve-nous un cuisinier.

— Tu es sérieuse ? Tu laisserais un étranger entrer ici pour nous faire à manger ?

— Présenté comme ça… non. Peut-être que nous devrions payer des cours de cuisine à Caitlin. Elle n'a pas grand-chose à faire en ce moment. Autant qu'elle se rende utile.

— Tu veux laisser ta serial killeuse psychopathe de sœur nous préparer nos repas ?

Je le pique avec ma fourchette.

— Elle n'est pas psychopathe. Ses médicaments fonctionnent bien.

Il lève les yeux au ciel.

— Je sais. Je te taquinais. Et en fait, je suis d'accord avec toi. Ça lui donnerait un but.

— Alors je te charge de lui trouver un tuteur. Le travail pour la mairie paie bien, donc nous pouvons nous le permettre.

Il opine.

— Je m'en charge. Au fait, est-ce que le maire sait ce que tu es ?

— Je ne lui ai pas dit, mais je doute qu'elle soit devenue maire sans avoir connaissance du monde surnaturel. Cette ville est remplie de sirens. Je compte orienter la conversation sur ce sujet, aujourd'hui. On verra ce qu'elle voudra bien révéler.

— Bonne idée. Tu veux que je vienne avec toi ?

— Je pensais prendre Gryphon, mais puisqu'il dort encore… Tu t'y connais en sécurisation de bâtiments ?

Il sourit.

— J'ai aidé M. Moon à imaginer les mesures de sécurité de son camp. Je suis ton loup.

— Excellent. Alors, il ne nous reste plus qu'à enfiler de jolis vêtements, réveiller Bethany, et nous pourrons partir.

Je grimace.

— Ça ne va pas être beau à voir.

Bethany proteste avec véhémence, jusqu'à ce que je lui rappelle que ce boulot pourrait lui payer son futur labo. Et la nouvelle centrifugeuse qu'elle souhaite désespérément. Elle se plaint quand même pendant tout le trajet jusqu'à la mairie, ce qui représente vingt bonnes minutes de geignements.

Le temps que nous arrivions sur place, je suis à deux doigts de l'étrangler. Je regrette que ce ne soit pas elle qui ait eu l'énorme langue verte. Bethany, incapable de parler… quelle charmante image.

La réceptionniste nous fait signe d'entrer, et nous montons l'escalier jusqu'au quatrième étage. En compagnie des récriminations de Beth, évidemment.

Tout comme hier, lady Lara nous rejoint en haut des marches, un grand sourire aux lèvres.

— Vous êtes à l'heure, me dit-elle avec un clin d'œil. Bien joué.

Je hausse les épaules.

— Vous aussi.

— En effet. Ce sont vos compagnons ?

Je lui présente Lennox et Bethany, les annonçant comme mon chef de la sécurité et ma maîtresse des poisons. Les deux sourient, narquois, face à ce nouveau titre. J'exagère peut-être un peu, mais les premières impressions sont importantes. Je veux que lady Lara sache que je suis motivée par ce travail et que mon équipe est aussi douée que je l'ai prétendu en entretien.

— J'ai préparé un petit test, annonce lady Lara avec un sourire innocent. Il y a trois pièges dissimulés à cet étage. Monsieur Lennox, si vous parvenez à les déjouer, vous serez engagé. Mesdames, venez dans mon bureau, j'ai quelques poisons à vous faire essayer.

Elle se détourne et entre dans son antre avec confiance. J'échange un regard avec les autres.

— C'est une dure à cuir, souffle Bethany. Je l'aime déjà.

Lennox soupire.

— Je ferais mieux d'aller trouver ces pièges. On se voit plus tard.

Beth et moi suivons lady Lara dans le même bureau que la veille. Sur la table, en lieu et place des biscuits, se trouvent trois bouteilles noires.

Lady Lara nous les indique.

— L'un d'eux est mortel, le deuxième cause des blessures, le troisième est inoffensif. Buvez l'inoffensif.

Bethany ne cille même pas. Le visage de marbre, elle s'assied et inspecte les bouteilles.

— Prenez votre temps, lui dit le maire. Je dois discuter de certaines choses avec Mlle Feln.

— Kat, je vous en prie. « Mlle Fen » me fait me sentir vieille.

— Alors vous devrez m'appeler Lara. Lady Lara me fait me sentir bien trop importante.

Elle me décoche un sourire narquois.

— Je le suis, évidemment, mais je ne veux pas devenir trop arrogante.

Nous nous rapprochons de son grand bureau – qui me fait envie – et elle me tend un papier.

— Mon planning de la semaine. J'ai un événement prévu vendredi soir, pour lequel j'aurai besoin d'une escorte. Un bal organisé par la Guilde des Joailliers. Certains de leurs membres ont fait des dons à des causes qui me sont chères, donc je dois faire une apparition. Je vous ai pris rendez-vous avec mon tailleur demain après-midi. Ainsi, votre robe devrait être prête pour vendredi.

— Ma robe ?

Je déglutis.

— J'imagine qu'un tailleur-pantalon ou même une combinaison ne sont pas envisageables ?

— En effet. Mais je veillerai à ce que votre robe possède des poches pour y cacher des armes. À moins que vous ne préfériez porter des étuis dessous ? Nous pouvons en discuter avec le tailleur. Je lui donnerai quelques consignes générales quant à vos besoins, mais vous pourrez voir les détails avec elle.

Argh. Je déteste les robes. Lorsque je me métamorphose alors que j'en porte une, elle est généralement trop serrée quand je reprends forme humaine. Ça m'est arrivé une fois, et la forme a tellement changé que mes seins se sont retrouvés exhibés. Non, merci.

Je jette un coup d'œil à l'emploi du temps. Plusieurs réunions, qui auront toutes lieu à la mairie. Si nous établissons une sécurité suffisante, je n'aurai peut-être pas besoin d'être présente.

— Celui-ci, lance Bethany à voix haute, avant de vider d'une traite l'une des bouteilles.

Je ravale le petit doute qui m'étreint. Beth sait ce qu'elle fait. Pas besoin de m'inquiéter.

Lady Lara la regarde faire avec curiosité. Elle me rappelle une scientifique étudiant ses cobayes. Cette pensée me fait frémir. Non, elle n'est pas comme ces gens-là. À moins que mon instinct ne me fasse défaut, elle fait partie des gentils. Elle est peut-être très passionnée, mais son cœur est à la bonne place. D'après ma première impression, en tout cas. Le temps me dira si j'ai eu raison. Tout le monde cache des squelettes dans ses placards, mais tous ces squelettes n'ont pas été assassinés par les propriétaires de ces mêmes placards.

Comme il n'arrive rien à Bethany, lady Lara sourit.

— Bien joué. Connaissez-vous le nom de ces poisons ?

— Noix jaune, Jalousie de l'Indigent, et celui-ci, c'est juste de l'eau avec du sirop de fleur de sureau. Délicieux, d'ailleurs. Vous avez la recette ?

Le maire rit.

— Je vous aime bien. Et oui, puisque c'est celle de ma grand-mère. Je vous la noterai peut-être plus tard. Pour l'heure, vous devez rencontrer le personnel de cuisine.

Elle contourne son bureau et appuie sur l'un des nombreux boutons alignés.

— La cuisinière arrive dans un moment. Elle vous fera visiter les cuisines et les réserves au sous-sol. Faites une liste de vos suggestions d'amélioration. L'argent n'est pas un problème.

Bethany sourit, visiblement excitée.

— Avec plaisir.

Lennox arrive en même temps que la cuisinière. Tel un gentleman, il lui ouvre la porte.

C'est un lutin, petite, mince et l'air frêle. Je n'aurais jamais imaginé une cheffe cuisinière ainsi, mais son tablier traduit sa profession. Si elle est aussi menue, c'est peut-être parce qu'elle cuisine si mal qu'elle n'a pas envie de goûter elle-même à ses plats ?

— Bella, merci d'être venue si vite, la salue lady Lara. Voici les personnes dont je vous ai parlé. Mlle Bethany va vous accompagner jusqu'aux cuisines pour les inspecter et nous suggérer d'éventuelles améliorations. Veuillez lui faire la visite. Prenez votre temps, je ne déjeunerai pas à midi. Mlle Feln et moi irons manger dehors.

— Ah bon ? répliqué-je sans réfléchir.

Lara me sourit.

— Oui, en effet. Je n'ai pas quitté ma maison ou la mairie depuis la dernière tentative d'assassinat. Maintenant que je vous ai à mes côtés, il est temps que je me remontre en public. En outre, il s'agit d'un charmant petit restaurant en bord de rivière. Vous allez l'adorer. Leur caviar est à tomber.

CHAPITRE 9

Je pensais m'ennuyer à ce déjeuner, mais lady Lara est de très bonne compagnie. Elle s'intéresse à presque tous les sujets que nous abordons et elle ne cesse de me prouver son intelligence et son esprit aiguisé. J'aime bien la fréquenter, ce que je ne pensais pas dire un jour de quelqu'un de si éloigné de mon mode de vie. Au cours de la conversation, je lâche quelques allusions au monde surnaturel, pour la convaincre d'admettre qu'elle est au courant de notre existence. Soit elle est trop maligne pour se trahir, soit elle ne sait vraiment rien. Les deux hypothèses sont possibles. Une chose est sûre, je ne dois jamais la sous-estimer. Beaucoup de gens l'ont fait – surtout des hommes –, d'après les histoires qu'elle m'a racontées. Aucun d'eux n'est allé aussi loin qu'elle dans sa carrière.

Si j'étais plus jeune et en quête d'un modèle à suivre, je la choisirais. J'ai peut-être bien un petit faible pour elle. Rien de romantique, non, je ne pense pas être de ce bord-là. Encore que, si elle me le proposait… Non, ne nous embarquons pas sur ce terrain-là. Trois hommes, ça suffit tout à fait à me satisfaire. C'est déjà difficile de trouver du temps pour chacun d'eux. Mais peut-être que je pourrais présenter Lily à lady Lara. Je pense qu'elles seraient parfaites l'une pour l'autre. Oui, voilà ma nouvelle mission. La sauver des assassins et la pousser à tomber amoureuse de Lily.

Je réalise le tour pris par mes pensées. Suis-je à nouveau en chaleur ? Non, par pitié. La dernière fois était suffisamment désagréable comme ça, et j'ignore toujours pourquoi c'était si intense. Si ça se reproduit, je m'enferme dans une chambre jusqu'à ce que ce soit terminé. Hors de question que je saute à nouveau sur mes compagnons et me mette dans une situation embarrassante.

— Est-ce que la mousse au chocolat est à votre goût ?

Je sursaute et fixe le dessert au-dessus duquel plane ma cuillère depuis une bonne minute tandis que je fais des projets pour la vie amoureuse de lady Lara. Je prends en vitesse un peu de mousse et exagère légèrement mon appréciation. Encore que je n'aie pas beaucoup à faire semblant. C'est vraiment délicieux. Tout le repas a été incroyable. Si j'étais moins pingre, j'y retournerais souvent, mais hélas, je n'aime pas dépenser autant pour de la nourriture. Après tout, tous ces plats vont juste se mélanger dans mon ventre et finir aux toilettes, comme les repas bas de gamme que je m'offre d'ordinaire.

Lara s'adosse à sa chaise en souriant.

— C'est agréable de sortir à nouveau. J'ai été enfermée trop longtemps. Je sais que je n'aurais pas dû les laisser me faire peur, mais c'est difficile d'être confiante en public quand on sait que des gens souhaitent notre mort. J'en perdais l'appétit.

— Ça ne m'étonne pas. Ce qui me surprend en revanche, c'est que vous ne soyez pas passée à l'offensive.

— Non seulement parce que ce serait contre mes convictions morales, mais aussi parce que je ne sais pas exactement qui a envoyé ces assassins. J'ai toute une liste d'opposants en tête, mais la plupart se servent de moyens politiques pour tenter de me faire taire. Je ne suis pas certaine qu'ils soient assez impitoyables pour envoyer quelqu'un me tuer.

J'opine, même si je ne suis pas d'accord avec elle. À sa place, je les aurais tous trucidés, ou au moins menacés suffisamment pour qu'ils revoient leur position. Je suppose que c'est pour ça qu'elle est politicienne et moi assassin. Je ne suis pas douée pour me contrôler.

Un couple pénètre dans le restaurant, attirant tous les regards. L'homme porte un costume en soie noir et la femme une robe à paillettes. Les lumières des trois chandeliers se reflètent sur sa tenue, lui donnant l'air resplendissante, comme si elle sortait d'un conte de fées. Ses longs cheveux blonds lui arrivent à la taille. Elle doit passer un temps fou à les démêler chaque jour. Clairement, ce n'est pas une coiffure pour un assassin. Ou pour toute personne exerçant un métier nécessitant de bouger un peu.

L'homme balaie la salle des yeux jusqu'à ce qu'il nous repère. Là, il nous salue de la main.

Lady Lara soupire.

— Nous aurions dû partir plus tôt. Maintenant, nous sommes coincées avec lui.

— Qui est-ce ? soufflé-je.

— Le chef de la police. Oui, je sais qu'on ne dirait pas.

Elle rit tout bas.

— Je doute qu'il ait posé un seul pied dans un commissariat de toute sa vie. Il a plus ou moins hérité de ce titre. Grâce à l'argent, vous voyez ? Par chance, la plupart de ses officiers sont assez compétents pour gérer la ville sans son aide. J'ai essayé de me débarrasser de lui, mais il est puissant.

Elle se tait quand le couple se rapproche. La femme me fixe du regard et fronce le nez, comme si elle s'attendait à ce que je sente mauvais. Garce. Je ne porte peut-être pas une robe à paillettes, mais au moins je ne m'agrippe pas à un homme comme s'il était le centre du monde. Je suis indépendante, moi.

— Lawrence, Lydia, quel plaisir, les salue lady Lara avec un sourire apprêté. Nous allions partir, mais venez vous joindre à nous.

— Si cela ne vous dérange pas, répond l'homme avec un sourire tout aussi faux. Et qui est votre charmante compagne ?

— Mlle Feln est nouvelle ici, alors j'ai décidé de lui montrer mon restaurant préféré.

Lawrence fronce légèrement les sourcils, clairement déçu par cette réponse évasive.

— Bienvenue à Attenburgh, me dit Lydia d'une voix forte.

Son faux sourire est le pire de tous.

— D'où venez-vous ? D'un petit village, j'imagine ? Où vous n'aviez pas accès à un tailleur correct ?

— Lydia, la corrige son mari, dont le regard m'indique cependant clairement qu'il est d'accord avec elle.

Bande de cons coincés.

— J'ai vécu dans pas mal d'endroits, répliqué-je, évasive. Mais j'aime beaucoup Attenburgh, jusqu'ici. Les gens sont si amicaux et accueillants.

Lady Lara pouffe du nez. Je lui jette un regard en coin. Je ne m'attendais pas à cette réaction. Je l'apprécie encore plus.

— Oh, oui, nous sommes réputés pour être une ville accueillante, s'exclame avec ravissement Lydia, qui n'a pas du tout perçu le sarcasme.

Lawrence semble souffrir tandis qu'elle se lance dans un exposé sur la gentillesse des habitants d'Attenburgh. J'ai envie de lever les yeux au ciel. Cette femme est totalement déconnectée de la réalité.

— Chérie, et si tu choisissais quelque chose de bon sur le menu ? la coupe-t-il au bout d'un moment.

J'ai envie de frapper ce salaud condescendant dans les parties.

Il se tourne ensuite vers lady Lara.

— Je voulais justement vous parler. Je crois que nous

devrions discuter du budget de la police. Les choses vont dans la bonne direction, depuis que j'ai repris les rênes, mais avec les moyens actuels, je ne peux pas faire tous les changements que je souhaiterais.

— Lesquels, par exemple ?

— Une nouvelle académie de police, pour être sûr que seuls les meilleurs sont sélectionnés pour servir notre vile. De meilleures pensions pour les officiers qui viennent de partir à la retraite. Une extension des prisons actuelles, puisqu'elles sont en manque de places.

— Oui, c'est justement de ça que *moi*, je voulais vous parler, réplique le maire de manière appuyée. Vous avez emprisonné deux fois plus de citoyens que le précédent chef de la police. Le crime a-t-il soudain doublé à Attenburgh ? Ou bien ai-je raté quelque chose ?

— Non, mais tous les crimes n'ont pas été jugés correctement par le passé. Les voyous échappent bien trop facilement à la justice. Je sais que mon prédécesseur avait de grandes idées en matière de réhabilitation et de programmes d'accompagnement au sein des communautés, mais être enfermé est le seul message que comprennent ces gens. Vous devriez venir jeter un œil à la prison. Ensuite, je suis sûr que vous accepterez de nous accorder plus de fonds.

— C'est précisément ce que je vais faire, je pense, répond lady Lara.

Bien que le visage de Lawrence reste stoïque, son cœur se met à battre plus fort. Il n'est pas content. Je parie qu'il imaginait un scénario très différent de cette conversation, se terminant avec lui se mettant plus d'argent dans les poches. Je déteste les gens comme lui. Je suis sûre que les revalorisations de pensions qu'il demande, c'est pour ses amis et ses partisans, et non pour les officiers de police ordinaires. Je suis prête à parier mes dernières miettes d'herbe à chats que ce type est corrompu. C'est peut-être lui qui a essayé de tuer le maire ? En tout cas, il a les relations nécessaires.

— Chéri, quel vin veux-tu ? demande Lydia, sans tenir compte de la conversation.

— C'est toi qui choisis, répond-il, distrait. Tant que ça va avec le homard.

Elle lui adresse un doux sourire et se plonge dans le menu. Pathétique. Tous les vins ont le même goût. Du raisin. Du raisin fermenté. Qui a bien pu avoir l'idée de laisser pourrir du raisin pendant quelques mois, puis de vendre ça contre beaucoup d'argent ? C'est insensé. Ce devait être le fait d'un riche avec beaucoup d'influence, parvenu à convaincre ses amis snobs que le vin est une boisson de luxe. Bande d'idiots. Je vais m'en tenir aux vraies boissons. Comme le thé.

Lady Lara se lève en un mouvement fluide et élégant.

— Nous allons devoir vous quitter avant votre homard. Je dois retourner à la mairie.

Lawrence – dont je ne connais toujours pas le nom de famille – n'est clairement pas ravi par notre départ, mais il n'y peut rien. Sa femme nous ignore, totalement concentrée sur la liste des vins. Cervelle de moineau.

Dès que nous sommes sorties du restaurant, Lara prend une grande inspiration.

— Enfin. J'ai cru que j'allais devoir feindre une urgence, mais il nous a laissées partir sans que ce ne soit nécessaire. C'est une première. Il est comme une pieuvre qui ne lâche jamais sa proie. Même si la proie s'apprête à le dévorer.

Je lui adresse un grand sourire.

— Vous prévoyez de l'éliminer ?

— Vous pouvez compter là-dessus. Mais pas comme vous le pensez. Un pari, ça vous tente ? Je parie que je peux le virer de son bureau en moins d'un mois. Sans effusion de sang.

— Que se passera-t-il si vous échouez ?

Son sourire devient carnassier.

— Dans ce cas-là, il sera à vous. Je ne vous poserais aucune question s'il lui arrivait quelque chose. Un accident. Une maladie mystérieuse. Vous voyez l'idée.

— Oh, oui, complètement. Un mois, vous avez dit ? Et si on corsait les choses ? Deux semaines ?

— Si je ne vous connaissais pas mieux, je pourrais croire que vous avez envie de tuer quelqu'un.

Je hausse les épaules.

— Heureusement que vous me connaissez mieux que ça.

Elle hausse les sourcils, m'indiquant en silence qu'elle en sait plus sur mon passé qu'elle ne le laisse entendre. Ou peut-être que je ne suis pas très douée pour ressembler à une personne normale. J'ai été une tueuse toute ma vie, et autant je suis douée pour me cacher dans l'ombre, autant j'ai rarement à masquer ma véritable personnalité. Je ne suis pas douée pour ressembler à une fille bien et gentille. Les chats ne sont pas gentils. C'est une insulte, pour un félin.

Lara soupire.

— Il est temps de retourner au bureau. Voyons si vos amis ont fait des progrès.

— Mes employés, rectifié-je machinalement.

J'ai peut-être atteint le stade où je peux avouer que ce sont mes amis, mais je ne veux pas que le monde extérieur le devine. J'ai une réputation à maintenir. D'accord, pas ici, où personne ne me connaît, mais je n'ai pas l'intention de gâcher ça avec des sensibleries inutiles tant que mon entreprise n'est pas établie. Les assassins n'ont pas d'amis. Les dirigeants d'entreprise ne se lient pas d'amitié avec leurs employés.

Elle me sourit.

— Si vous le dites. Comment dois-je vous qualifier ? Mon employée ? Ma prestataire ?

— Conseillère. Conseillère en chef, et les autres sont des conseillers juniors. Un truc comme ça.

— C'est donc ce que je vais mettre sur vos badges. Même si

je crois que Bethany aime bien être appelée maîtresse des poisons.

— Oui, je crois aussi. Elle est un peu vaniteuse parfois, mais c'est la meilleure dans son domaine. Elle m'a sauvé la vie plus d'une fois avec ses antidotes. Et ses poisons sont une tuerie.

— J'en suis certaine. Si j'ai besoin de l'un d'eux, je vous tiendrai au courant. Mais comme vous le savez déjà, je préfère gérer mes problèmes à ma façon. Avec diplomatie, bon sens et un peu de chantage gentil.

— Du chantage, hein ? Dites-m'en plus.

Lady Lara pouffe.

— Ça vous plairait, n'est-ce pas ? Une autre fois, peut-être. Je ne veux pas révéler tous mes secrets d'un coup. Si les choses continuent à se passer aussi bien, nous aurons beaucoup de temps pour partager nos histoires.

Cela signifie qu'elle apprécie ma compagnie, non ? Je ne sais pas quoi faire de ça. Les gens me demandent en général de dégager, ou alors ils n'ont même pas l'opportunité de dire quoi que ce soit, puisque je les tue avant.

C'est nouveau. J'espère que je ne vais rien gâcher.

CHAPITRE 10

Lennox et Beth nous attendent dans le hall d'accueil de la mairie. Ils ont l'air de s'ennuyer et affamés. Oups. J'aurais peut-être dû leur acheter à manger. Cela dit, ce sont deux adultes parfaitement capables de s'occuper d'eux-mêmes.

Nous escortons tous les trois Lara jusqu'à son bureau, au quatrième étage. Elle s'assied derrière le meuble magnifique, tandis que Bethany et Lennox optent pour des sièges plus basiques. Je reste debout pour ma part, appuyée contre l'un des murs lambrissés.

— J'ai été suffisamment assise aujourd'hui, expliqué-je en réponse au sourcil interrogateur de lady Lara.

Elle hausse les épaules et pose les coudes sur son bureau pour étudier mes employés.

— Lennox, commençons par vous. Quel est l'état de la sécurité du bâtiment ?

Il se racle la gorge.

— Je vais être franc, si vous me le permettez. Ce n'est pas bon du tout. Vous n'avez pas assez de gardes, et ceux qui sont là ne sont pas assez bien formés. J'ai réussi à entrer en douce dans le bâtiment et à rejoindre cet étage six fois avant qu'ils ne me repèrent. Et encore, c'est parce que j'ai fait beaucoup de bruit volontairement la dernière fois. Personne ne m'a remarqué. La réceptionniste est la seule à sembler s'intéresser aux allées et venues dans la mairie. Pour être honnête, je remplacerais les gardes actuels. Les former prendrait sans doute plus de temps, parce que beaucoup d'entre eux sont figés dans leurs habitudes. Je parie aussi que certaines personnes se les sont mis dans la poche, d'après leur tenue. L'un d'eux possède une montre coûtant sans doute plus cher que ce qu'il gagne en une année en tant qu'agent de sécurité. Si vous le souhaitez, je peux enquêter sur leurs antécédents et leur situation actuelle, mais ce serait plus facile de tous les virer.

Lady Lara fait la moue, pensive.

— Je comprends ce que vous dites, mais je ne souhaite pas les renvoyer s'ils n'ont pas de travail qui les attend, surtout alors qu'ils ont été si longtemps au service de la ville. Je vais passer quelques appels, pour voir si d'autres bâtiments municipaux auraient besoin de nouveaux agents. Cela pourrait faire bouger un peu les choses, sans que les employés de la mairie ne perdent leur travail. Ou bien je pourrais les transférer dans la police. Lawrence aimerait avoir plus de moyens, autant les lui donner.

Je suis une nouvelle fois impressionnée. Bien qu'elle soit en charge de toute la ville, elle prend le temps de réfléchir à la vie de modestes gardes de sécurité. Comment a-t-elle réussi à arriver si loin en politique alors que tous ses opposants sont son contraire ? Sa compassion devrait être une faiblesse, et pourtant, chez elle, elle s'avère une force.

— J'ai quelque chose sur le visage ? demande-t-elle tout à coup.

— Euh, non, pourquoi ?

— Parce que vous me regardez étrangement.

— Oh. Désolée. Le regard étrange était involontaire.

Elle rit.

— Ne vous en faites pas, j'ai l'habitude. On ne devient pas une femme dans ma position sans savoir en gérer quelques-uns. Même mon chat me fixe parfois comme si j'étais une étrangère. Ou une femme bizarre.

Mon cœur s'accélère. Elle est encore plus géniale que je ne le pensais.

— Vous avez un chat ?

— Oui, Minka. C'est une vieille minette qui passe sa journée à dormir sur le canapé. Elle a de l'arthrite et est aveugle d'un œil, et pourtant, elle continue à se pavaner comme si elle était la reine du monde. Elle n'a plus le droit d'aller dehors, mais elle dirige ma maison d'une patte de fer. Si une souris osait y pénétrer… je doute qu'elle vive longtemps.

J'échange un regard avec Lennox. Nous avons trouvé une amoureuse des chats. Parfait. Je demanderai à l'un de ceux de Ryker d'entrer en contact avec Minka. À moins que je ne m'en charge moi-même. Cela fait trop longtemps que je ne me suis pas transformée. Même si Minka ne quitte jamais la maison de Lara, c'est une bonne chose de nous la mettre dans la poche. S'il devait arriver quelque chose à sa maîtresse, elle pourrait alerter d'autres chats du coin, qui à leur tour me préviendraient.

Et le meilleur dans tout ça, c'est que Lara ne sera jamais au courant. Elle ne se sentira pas espionnée dans sa propre maison ; comme tous les propriétaires de chats, elle a déjà l'habitude que le sien la regarde étrangement.

Pas des « propriétaires », me corrigé-je. Voilà que j'utilise le langage humain. Les félins ne sont la propriété de personne. Ce sont des dieux ayant des serviteurs humains. Ce sont ces derniers qui sont la propriété des chats, même si les chats sont trop malins pour le leur faire comprendre. Tous naissent avec un don certain pour la manipulation.

Lara soupire.

— Revenons à nos moutons. Lennox, veuillez contrôler tous les agents de sécurité actuels et voir si nous pouvons en garder certains. Puis dressez la liste des qualités recherchées chez les nouveaux afin que nous puissions publier des annonces. Après leur recrutement, vous pourrez leur imaginer un programme d'entraînement. Le temps que tout ceci soit réglé, j'aimerais que vous restiez à mes côtés, Kat.

J'opine alors que le bruit de pièces tombant du ciel résonne à mes oreilles.

— Bien sûr. Je serai à votre disposition aussi longtemps que vous en aurez besoin. Gryphon, mon autre employé, peut aussi prendre ma place en cas d'urgence.

Bethany ricane en m'entendant qualifier mon amant d'employé. Je parie qu'elle le lui rapportera dès notre retour à la maison. Tant qu'il se venge au lit et non par d'autres moyens… ça me va.

Lady Lara se tourne vers la maîtresse des poisons.

— Bethany, avez-vous trouvé des choses à améliorer dans les cuisines ?

— Oui, beaucoup.

Elle sort un papier froissé de sa poche.

— J'ai fait une liste. Les lignes avec une étoile sont les choses les plus urgentes à faire. Mais, pour être honnête, en l'état actuel des choses, c'est un appel à l'empoisonnement. La plupart des gens ne savent pas d'où proviennent leurs ingrédients. La nourriture est stockée dans des pièces non verrouillées. N'importe qui pourrait entrer et empoisonner le tout.

Lara soupire.

— C'est bien ce que je craignais. Je vais transmettre la liste à mon assistante, et je vous prierai ensuite de revenir lorsque les changements auront été faits.

Elle esquisse un sourire diabolique.

— Nous ferons peut-être une petite démonstration, pour voir si tout le monde suit bien les règles. Pas un poison létal, bien sûr, mais quelque chose qui laissera un souvenir.

Je me pâme mentalement d'admiration. Elle veut empoisonner son personnel. C'est tellement génial. Je devrais peut-être faire ça, moi aussi, pour les tester. Ou pas. Bethany est bien meilleure que moi dans ce domaine et sa vengeance serait terrible.

La conversation se poursuit sur les améliorations, puis lady Lara nous laisse partir. Je suis épuisée. Trop d'interactions sociales. J'ai besoin de courir, seule.

— Rentrez à la maison, tous les deux. Je vais faire de l'exercice.

Lennox me lance un regard entendu.

— Je me joindrais bien à toi, mais je ne devrais pas me transformer si peu de temps après la pleine lune.

— Je comprends, ne t'en fais pas. De toute façon, j'ai besoin de temps pour moi.

Bethany sourit.

— Trop de gens. Je suis d'accord. Ces garces en cuisine étaient si inamicales que j'ai peut-être échangé le sucre et le sel. Elles devraient s'estimer heureuses que je ne les aie pas empoisonnées. Crois-moi, j'étais tentée.

Je pouffe. Beth a en effet fait preuve de beaucoup de retenue. C'est fascinant. Peut-être qu'elle avait besoin de ça : un boulot pour quelqu'un d'autre que moi. Je n'ai pas assez d'autorité sur elle. Elle fait ce qu'elle veut et n'obéit à mes ordres que si la récompense est suffisante. Ça, ça lui fera du bien.

J'opine mentalement. Ça nous fera du bien à tous.

✿ ✿ ✿ ✿ ✿ ✿

Je me transforme dès que j'ai quitté la ville. Je gémis de plaisir en sentant mes membres s'allonger et la fourrure sortir de ma peau. Mon esprit s'allège, se simplifie d'une certaine manière, tandis que mes sens s'améliorent. Je ne fais désormais plus qu'un avec mon environnement.

Un ronronnement résonne dans ma poitrine. Le soleil est chaud en cette fin d'après-midi sur ma fourrure noire, et je suis tentée de m'allonger simplement pour faire une sieste. Je ne devrais pas me montrer ainsi à la lumière du jour, mais je n'ai pas pu me retenir davantage. J'ai réprimé mon félin trop longtemps, il est temps de le libérer.

Mes pattes progressent presque sans le moindre bruit sur l'herbe douce. Je sors et rentre les griffes tout en marchant, pour étirer ces muscles-là. Comme je ne les possède pas sous forme humaine, je ne me souviens jamais comme il est agréable de les remuer quand je me métamorphose. Bien sûr, ce serait encore plus agréable de labourer une proie avec mes griffes, mais on ne peut pas tout avoir.

Je me mets à courir, de plus en plus vite, volant au-dessus du paysage comme un éclair noir. Le vent ébouriffe ma fourrure, un peu de terre me parvient au visage, l'odeur de vie m'emplit les narines. C'est le paradis.

Je ne fais guère attention à la direction que je prends. Loin de la ville, à travers des champs infinis, dans les prés et les prairies marécageuses. Chaque fois que mes pattes quittent le sol, je décolle, légère, libre. Il n'y a que sous cette forme que je le suis autant. Peut-être que je suis un chat en réalité et que ma forme humaine n'est qu'un déguisement. Le résultat annexe des expériences qu'ils ont faites sur moi.

Lorsque j'atteins l'orée des arbres, le soleil a disparu derrière l'horizon. L'air s'est rafraîchi, mais ma fourrure me protège. J'ai même un peu trop chaud d'avoir autant couru. Je ralentis l'allure et entre dans la forêt en trottinant.

Des centaines d'oiseaux se préviennent mutuellement quand je franchis la limite des arbres. C'est une vieille forêt pleine de mousse et de racines épaisses. Je doute que beaucoup d'humains s'y rendent. Vu comme les arbres ont grandi, entortillés les uns dans les autres, dans tous les sens, ils ne doivent pas être utiles pour faire du bois.

Je m'immobilise et hume l'air, imprégné d'odeurs. Fientes d'oiseaux, urines animales, feuilles mortes. Et, par-dessus tout ça, les fleurs, l'odeur rafraîchissante d'un cours d'eau à proximité, le sang.

Le sang. Je renifle à nouveau. Un faon, si je ne me trompe pas.

Je me dirige dans cette direction, tous les sens en alerte. Les oiseaux ont cessé de chanter, comme s'ils m'observaient, attendant de voir ce qu'il va se passer.

Alors que je m'approche, des sons s'infiltrent dans le sous-bois. Un gémissement plaintif, l'équivalent d'un sanglot humain. Un faon, aucun doute. Puis le rire brusque d'un homme. Je me fige. Je ne devrais pas me montrer à un humain. Une panthère dans une forêt, ça attire l'attention. Les panthères viennent de contrées lointaines, pas d'ici. Enfant, je passais pour un grand chat, mais cette époque est révolue depuis longtemps. On ne peut plus me confondre avec ce que je suis vraiment.

L'animal gémit à nouveau. Il est en souffrance, mais l'humain ne semble pas vouloir y mettre un terme. Un chasseur, je présume. Qu'attend-il ? Tue-le et rentre chez toi.

Je serre les dents et continue à avancer furtivement vers ces sons. La douleur du faon me déchire le cœur.

L'odeur du sang me fige. Je suis entrée en chasse, mais quand je vois la scène qui m'attend, ce n'est pas le faon qui devient ma proie. Non, c'est l'humain qui s'amuse avec l'animal blessé. Un couteau à la main, il est en train de lui dessiner un motif sur le flanc, imbibant de sang sa fourrure. Il ne fait pas ça pour nourrir sa famille. Il torture l'animal.

D'accord, j'aime la torture comme n'importe quel assassin qui se respecte, mais ça, c'est mal. Il ne s'agit pas d'un criminel endurci qui a besoin d'une bonne leçon ou d'un informateur rechignant à fournir une information capitale. C'est un animal innocent qui n'a rien fait de mal.

Je grogne et me jette sur l'humain. Je bondis trop vite pour qu'il puisse réagir. Son couteau tombe au sol quand je le percute. J'appuie les crocs contre son cou un instant, le temps de voir la peur dans ses yeux, puis je mords. Je lui arrache la gorge, savourant le bruit humide qui accompagne les giclées de sang de sa chair transpercée. Je me lèche la gueule. Le sang humain. J'avais oublié combien il me faisait du bien. C'est une des raisons pour lesquelles je ne me suis pas transformée et je n'ai pas tué depuis longtemps. J'ai peur de ce goût délicieux. Je me frotte le museau contre la blessure. L'homme vit toujours, le sang se déverse encore de son cou. Cependant, le battement de son cœur est à peine audible. Il ne va pas survivre longtemps ; or, le sang frais est tellement meilleur…

Le faon geint à nouveau, me sortant de ma transe sanguinaire. Je m'oblige à m'éloigner de l'humain mourant pour observer le petit animal. Il saigne, mais ne semble pas en danger de mort.

Si j'étais un vrai chat, je le tuerais. Non pas pour mettre fin à sa douleur, mais parce que c'est ce que font les prédateurs. Moi, je lèche ses blessures, parce que je sais que ma salive accélérera sa guérison. Le faon cesse de gémir et me fixe, stupéfait. Il a de grands yeux noirs adorables. Oh, mince. Voilà que je craque pour un nouveau bébé animal. Mes colocataires vont me tuer.

Soupirant, j'attrape gentiment le faon par la peau du cou. On dirait que je viens de me trouver un nouvel animal de compagnie.

CHAPITRE 11

Quand je retourne à la maison, la nuit est tombée, ce qui me dissimule aux regards curieux. Malgré tout, dès que j'entre dans la ville, trois chats viennent m'accueillir et me suivent en me jetant des coups d'œil dédaigneux. Ils savent que c'est mal de craquer pour sa nourriture. Mais chaque fois que le faon gémit ou émet tout autre son pathétique, mon cœur se serre et je ne peux pas m'empêcher de vouloir le mettre en sécurité.

Ryker m'accueille sur le pas de la porte.

— Je ne savais pas trop quoi faire des nouvelles que les chats me rapportaient, dit-il, hilare. Je croyais qu'ils plaisantaient, mais non, tu transportes vraiment un faon dans ta gueule comme un chat baladerait son chaton. Que s'est-il passé ?

Puisque je ne peux pas parler la bouche pleine, je le contourne d'une démarche arrogante en ondulant des hanches de manière séductrice. En quelque sorte. Je ne suis pas certaine de pouvoir vraiment le faire sous forme animale.

Je me rends à la cuisine et pose gentiment le petit par terre. Lily me tuerait si je mettais du sang sur le tapis du salon. Elle a failli poignarder Bethany un jour parce qu'elle avait renversé de la sauce tomate. Le sang mériterait donc sans doute une punition pire.

Je me transforme, et le regrette dès que je suis de nouveau humaine. Je ne suis pas restée en panthère assez longtemps.

Ryker m'a suivie, sans cacher son amusement.

— Un humain lui faisait du mal, expliqué-je, indignée. Je ne pouvais pas le laisser là-bas.

— Tu aurais pu abréger ses souffrances, réplique-t-il. Que veux-tu que nous fassions d'un faon ?

Benjamin entre précipitamment dans la cuisine.

— Qu'est-ce que…

Il aperçoit l'animal, et ses yeux et sa bouche s'agrandissent de façon comique.

— C'est un…

— Oui, soupiré-je. C'est un faon. Et non, ce n'est pas pour le dîner. Et oui, si tu veux, tu peux t'en occuper comme d'un chaton.

Il me fixe, stupéfait.

— C'est vrai ? Je peux ?

— Tu crois que j'ai le temps de prendre soin d'un bébé animal ? Je dois babysitter le maire, c'est bien plus difficile. Comment as-tu su ce qu'il se passait, d'ailleurs ?

Il me fait un grand sourire et indique la boule de poils blanche qui se frotte à ses jambes.

— Nyx m'a dit que quelque chose clochait. Je ne savais pas quoi, mais ça avait l'air important.

Il hausse les épaules.

— J'ai pensé que tu étais blessée, ou l'un des autres peut-être. Je ne m'attendais certainement pas à ça.

Je soupire à nouveau.

— Moi non plus. Tout ce que je voulais, c'est une petite course relaxante dans les bois. Au lieu de quoi, je finis avec ça.

Tu as une idée de ce que mangent les faons ? De la viande ? De l'herbe à chats ? Du lait ?

Il lève les yeux au ciel.

— Heureusement que tu me l'as confié. C'est un mâle ou une femelle ?

— Une femelle, répond Ryker à ma place. J'en suis sûr. Je peux le sentir.

D'accord, très bien. Pourquoi pas, remarque. Il doit être habitué à mon odeur femelle.

— Tu peux lui parler ? demande Benjamin. Ou bien ton don pour parler aux animaux ne fonctionne qu'avec les chats ?

— Seulement avec les félins. Je suis certaine qu'elle a compris à présent que nous ne lui voulons aucun mal, mais je doute qu'elle puisse saisir nos paroles. Ces animaux ne sont pas aussi malins que les chats.

Il soupire.

— Ça aurait été trop facile, j'imagine. Je vais devoir faire sans traducteur. Tu lui as donné un nom ?

— Un nom ?

Il me fait sa marque de fabrique : il lève les yeux au ciel.

— J'imagine que la réponse est non. Tu n'es vraiment pas douée avec les animaux. Je devrais l'appeler Willow.

Je hausse les épaules.

— Elle est à toi, tu lui donnes le nom que tu veux. Et dis aux chats d'être gentils avec elle quand ils jouent, ses blessures vont mettre du temps à guérir.

Il acquiesce.

— Je vais la garder dans ma chambre pour l'instant. Peut-être que Bethany aura des herbes pour l'aider à aller mieux. Sinon tu pourrais la lécher.

— Je ne suis pas Ivy.

— Non, mais ta salive est toujours plus efficace que celle des humains.

Ryker pouffe.

— J'adore vous voir vous chamailler. C'est adorable.

Je le fusille du regard.

— Je ne me chamaille pas.

— Si. Pouvons-nous poursuivre cette conversation ailleurs ? Dans la chambre, par exemple ? Gryphon et Lennox s'y trouvent déjà. Ça m'étonnerait qu'ils dorment.

Mes ovaires se contractent. Cela m'étonnerait aussi. Tous les quatre, à la maison en même temps. Cela n'arrive que rarement. Je devrais en profiter, mais je suis aussi fatiguée de ma balade.

Benjamin soulève gentiment le faon et quitte la pièce sans un mot. Je crois qu'il n'aime pas trop quand les gars et moi devenons trop familiers. Ça me va, j'aime mon intimité.

— Allons à l'étage, dis-je en soupirant. Mais je ne te promets rien. J'ai besoin de me poser.

Ryker me sourit.

— Un massage, ça te dit ? Ça pourrait te redonner de l'énergie.

En voilà une offre intéressante. Ses massages sont légendaires. Si je le pouvais, je passerais la journée au lit avec ses mains me malaxant. Je n'ai aucune idée d'où lui vient ce don, puisqu'il a passé toute sa vie sous forme de chat, mais il est très doué.

Il me prend la main et m'entraîne hors de la cuisine, où nous laissons une petite mare de sang de biche. Cadeau pour les prochains à pénétrer dans la pièce. C'est sympa de notre part, n'est-ce pas ? Les habitants de cette maison adorent les surprises, que ce soient les têtes découpées dans le frigo ou un lot de nouveaux poisons.

— Au fait, Caitlin travaille dur sur le puzzle, m'informe-t-il quand nous grimpons l'escalier. Elle est près du but. En fait, je pense qu'elle l'a déjà résolu, mais comme elle veut t'impressionner, elle veut être certaine d'abord.

C'est adorable. Ma petite sœur veut m'impressionner. Pour être honnête, elle le fait déjà chaque jour avec sa manière de s'adapter à la vie normale sans émettre la moindre plainte. Elle prend scrupuleusement la potion qui la garde saine d'esprit et l'éloigne de l'influence de la Meute. Dans une ville remplie de sirens, sa vulnérabilité mentale pourrait devenir dangereuse, alors je suis soulagée qu'elle n'ait pas besoin de supervision dans ce domaine.

— Je lui parlerai demain. Le maire ne m'attend que l'après-midi, donc j'aurai toute la matinée pour m'occuper de notre chasse au trésor.

Il rit.

— Lennox semble avoir été très impressionné par lady Lara. Si je n'étais pas persuadé que tu es la seule femme de sa vie, je dirais qu'il craque pour elle.

Je grogne.

— Hors de question.

— Ne t'en fais pas, je pense que c'est juste de l'admiration professionnelle. Ça a l'air d'être une femme formidable.

— C'est vrai. Je ne sais pas du tout comment elle a réussi à grimper ainsi les échelons sans perdre son humanité ou sa compassion. Elle n'a rien d'une femme politique classique. Elle se soucie vraiment des habitants de la ville et il est évident qu'elle veut améliorer la vie de tous, pas seulement des riches et des puissants.

— C'est rare, en effet. Je suis impatient de faire sa connaissance.

— Tu peux venir demain, si tu veux. Je lui ai dit que je lui présenterais tous les membres de mon équipe, donc c'est une occasion comme une autre. Elle connaît déjà Lennox et Bethany. Lily, en revanche, je ne suis pas certaine de devoir la lui présenter. Ses compétences ne sont pas directement liées au travail du maire.

Il ricane.

— À moins qu'elle n'ait besoin de leçons pour séduire les autres politiciens.

— Je doute qu'elle ait besoin de leçons pour ça. Elle est magnifique, intelligente, pleine d'esprit, drôle...

Je me tais en réalisant que j'ai l'air éprise. On dirait une adolescente expérimentant son premier coup de cœur. Non, ce n'est pas ce que je ressens. Pas du tout.

Ryker me lance un regard curieux.

— Maintenant, je suis vraiment impatient de la rencontrer. Il en faut beaucoup pour t'impressionner.

Je me rends compte que nous sommes arrivés devant ma chambre. Je renifle. Les autres garçons n'y sont pas, ils sont chacun dans la leur. À moi de décider à présent si je les invite dans la mienne ou si je passe une nuit tranquille en solitaire.

Je fais rouler mes épaules et prends conscience de ma tension. Si ça va un peu mieux après ma course, je n'ai quand même pas fait assez d'exercice. J'ai besoin de me détendre, et l'homme à mes côtés est parfait pour ça.

— Tu as parlé d'un massage ? marmonné-je en ouvrant la porte de ma chambre pour l'entraîner à l'intérieur avec moi.

— En effet. Où veux-tu que je le fasse ?

Je fronce les sourcils.

— Sur le lit, évidemment. Je ne vais pas m'allonger par terre.

— Je ne parlais pas de la chambre.

Il pose les mains sur mes hanches et m'attire contre lui.

— Je pourrais te masser là...

Ses mains descendent vers mes fesses et les empoignent.

— Ou là.

Il les serre et je fais un petit bond. Ryker rit et remonte ses mains sur mon échine.

— Ou juste ton dos ?

Il laisse une de ses paumes entre mes omoplates et décale l'autre vers mes seins.

— Ou ici...

Je gémis tout bas quand il les malaxe. Mes mamelons

durcissent. Je me déteste de réagir si vite. J'ai l'air tellement en manque. Comme si j'avais besoin de lui pour me sentir bien. Ce qui n'est pas vrai, je peux être heureuse sans lui. Mais maintenant qu'il est là et que ses mains parcourent mon corps, ma foi…

J'arrête de réfléchir et me concentre sur les sensations que ses caresses éveillent en moi. Comme ce n'est pas suffisant, je retire mon tee-shirt et mon soutien-gorge pour lui offrir mon corps nu.

Il me soulève et m'allonge gentiment sur le lit. Il réussit à me retirer mon pantalon sans que je me contorsionne trop. Maintenant, je suis entièrement dénudée, offerte, vulnérable. J'ai confiance en lui, cela dit. Il est l'une des trois seules personnes que j'autoriserais à me voir dans cette position. Sans armes. Sans poisons. Sans épingles à cheveux mortelles. Juste moi, sans rien pour me cacher.

Un frisson me remonte l'échine. Cela ne ressemble pas à l'ancienne Kat. Chaque fois que je passais la nuit avec un homme, je n'enlevais pas mes vêtements. J'avais toujours un couteau à portée de main. Avec Ryker, cependant, je me fiche de mes dagues. Tout ce qui m'intéresse, ce sont ses caresses.

Il s'agenouille sur le lit à mes côtés et commence le massage, trouvant tous les nœuds et les points de tension qui se sont accumulés au cours de la semaine écoulée. Il n'est pas très doux, mais c'est comme ça que j'aime être malaxée. Je ne supporterais pas qu'il se contente d'effleurer ma peau comme un imbécile.

Lorsqu'il descend sur mon corps, mes mamelons durcissent à nouveau. Mes épaules ne sont pas une zone érogène, mais lorsqu'il s'approche de mes fesses, je me souviens qu'il est mon compagnon, que je suis nue et qu'il me désire. Et moi aussi. Patience, chaton. Laisse-le finir le travail d'abord. Ce sont des préliminaires, d'une certaine façon.

Il glisse gentiment le doigt entre mes fesses. Je cesse de respirer.

— Et là ?

Comme je ne réagis pas, il progresse un peu plus, atteignant mon intimité humide. Cette fois-ci, je gémis.

— Je savais qu'un massage ici te plairait, dit-il, amusé.

Puis il enfonce le doigt en moi.

Je me détends. Oui, c'était justement ce dont j'avais besoin.

CHAPITRE 12

$\mathcal{J}$e me réveille à côté d'un gros chat poilu. Ryker a dû se métamorphoser pendant la nuit. Qu'est-ce qui lui prend ? Il n'a jamais fait ça.

Je lui donne des coups de coude jusqu'à ce qu'il ouvre ses yeux jaunes.

— Pourquoi t'es-tu transformé ?

Pour toute réponse, il ferme les yeux et se met à ronronner. Frustrant et mignon à la fois. Malgré tout, c'est un peu bizarre d'être allongée nue à côté d'un chat adulte. Ryker, l'homme qui m'a donné du plaisir pendant des heures la nuit dernière, est quelque part là-dessous, recouvert de bien trop de poils. En tant que panthère, ma fourrure est loin d'être aussi touffue que la sienne. Je préfère ça. Ça laisse moins de traces sur les scènes de crime.

Je regarde ma montre. Je ne suis pas attendue à la mairie avant quelques heures. Il faudra que Ryker se transforme à ce moment-là, mais pour l'instant, je le laisse comme il est. Si je n'avais pas déjà passé quelques heures sous forme animale hier, je l'imiterais. Mais non, je dois préserver mon énergie en cas d'urgence. Se métamorphoser trop souvent est épuisant et rend chaque changement ensuite plus douloureux.

Je roule sur le flanc et glisse les doigts dans sa fourrure dense. Il ronronne à nouveau, en un grondement qui fait trembler tout le matelas. Souriant, je le gratte entre les oreilles, comme il aime. Il m'a fait le meilleur massage de ma vie hier, je peux lui rendre la faveur. D'une façon innocente, cela dit.

— Kat, tu es réveillée ? crie Caitlin depuis le rez-de-chaussée.

Argh. Je déteste mes oreilles sensibles, parfois.

Ryker me donne un gentil coup de tête contre la main pour m'indiquer de me lever.

— Facile à dire pour toi, grommelé-je. Tu peux rester ici à dormir.

Il me sourit, me dévoilant ses canines acérées.

— Connard.

Je m'habille en vitesse et laisse Ryker à sa sieste matinale. Caitlin et Lily sont dans la cuisine, mangeant quelque chose qui ressemble à du porridge, mais qui a l'odeur de quelque chose que je ne veux en aucun cas près de ma bouche. Nous avons vraiment besoin d'un cuisinier.

— Bonjour, me salue joyeusement Lily. On t'a réveillée ?

— Non, c'est un chat ronronnant.

Je m'assieds à l'un des tabourets de bar que Bethany a dénichés dans un marché aux puces juste avant notre installation ici.

— Il y en a un qui est entré dans ta chambre ? demande Caitlin. Tu as oublié de fermer la porte ?

Je fais la grimace.

— Non, c'est moi qui l'ai laissé entrer hier soir. Seulement, ce n'était pas un chat quand je me suis endormie.

La prise de conscience s'impose à elle. Je suis, comme toujours, stupéfaite par notre ressemblance, à la différence que je n'ai jamais eu un visage aussi facile à déchiffrer.

Lily pose une tasse de thé devant moi.

— Tu vas en avoir besoin.

Je fronce les sourcils.

— Pourquoi ?

— À cause de ce que Caitlin a découvert. Tu veux manger quelque chose ?

Je plisse le nez.

— Pas si tu me proposes la même chose que vous.

Elle soupire.

— Ce n'est pas aussi mauvais que ça en a l'air. J'ai pensé à le sortir de la cuisinière à temps, ce matin. C'est à peine brûlé.

— Je me préparerai un truc tout à l'heure.

J'ai bien l'intention de puiser dans ma réserve secrète d'herbe à chats dès que Lily aura le dos tourné.

— Caitlin, tu as résolu l'énigme ?

Elle opine fièrement.

— Oui. Dès que j'ai compris le schéma, ça a été facile. Ce n'était pas un langage différent dans le livre, juste des syllabes remplacées par d'autres. Comme un code secret où tu échanges une lettre par une autre, sauf que là, ils ont utilisé carrément des combinaisons entières de lettres, pour que ça ressemble davantage à un véritable langage. C'est assez astucieux, mais j'ai résolu l'énigme. Et une fois que j'ai pu lire le message dans le livre, le reste a été plutôt facile à comprendre.

Je sirote le thé, contente que Lily sache au moins préparer ça. Il manque un peu de lait à mon goût, mais je tiens ma langue et laisse Caitlin poursuivre.

— C'est un casse, lâche-t-elle tout à coup. Un vol de diamant. Il va bientôt y avoir le grand gala de la Guilde des Joailliers, où un énorme diamant cher sera exposé. D'une valeur inestimable. Incroyable. Nous serions riches jusqu'à la fin de nos jours.

Je déglutis. Lady Lara m'a parlé de ce bal. Je suis censée l'y accompagner. Je sens venir le conflit d'intérêts.

— Donc tout ce mystère consiste à voler le diamant ?

Caitlin opine avec enthousiasme.

— Oui. Ils nous ont même donné des tuyaux utiles sur l'endroit où le diamant serait gardé et des prédictions sur le niveau de sécurité. Quand nous l'aurons volé, ils récupéreront le diamant et nous récompenseront. Je trouve ça plutôt pas mal. Ça doit être dur de vendre une pierre de cette taille sans éveiller les soupçons.

— D'accord, mais pourquoi ne le volent-ils pas eux-mêmes ? Tu as une idée de qui est derrière tout ça ?

— Aucune. Le monde souterrain d'Attenburgh ? Cela dit, j'ai l'impression que ce n'est pas tant pour une question d'argent que pour le fun. Peut-être qu'un aristocrate s'est ennuyé et a décidé de s'amuser, tout en se vengeant d'un pauvre joaillier. Mais je n'ai aucune certitude. Aucun des objets trouvés ne nous donne d'indication sur qui les a mis là.

Hummm. Intéressant. Je n'accepte généralement pas les boulots des contacts anonymes. C'est trop facile pour une personne de décider d'en tuer une autre si elle ne fait pas face à l'assassin elle-même. Voilà pourquoi je suis la meilleure. Je ne tue pas n'importe qui. Seulement ceux qui le méritent.

— Tu crois qu'on devrait le faire ? me demande Caitlin.

Ses yeux pétillent d'excitation. Elle a clairement envie de poursuivre cette chasse au trésor.

— Je ne vais pas pouvoir m'en mêler, dis-je, hésitante. Je serai présente à cet événement, mais pour protéger lady Lara. En robe. Je ne pense pas avoir beaucoup d'opportunités pour dérober le diamant. Par contre, je devrais pouvoir te faire entrer, soit comme mon assistante, soit en t'ouvrant une porte quelconque.

Elle lève les yeux au ciel.

— Je n'ai pas besoin que tu m'ouvres une porte. Je peux m'en charger toute seule.

Elle a raison. Parfois, j'aime oublier qu'elle a grandi dans les mêmes conditions que moi. Nous avons toutes les deux été formées pour être des armes. Les portes verrouillées ne nous posent aucun problème.

— Je veux jouer aussi, intervient Lily. Je n'ai jamais fait de casse.

— Ai-je entendu le mot « casse » ? lance Benjamin en entrant dans la pièce.

Il est accompagné de trois chats, dont Nyx. Celle-ci le suit partout. Je pense qu'elle l'aime en secret.

— Oui, répond Caitlin, qui lui fait ensuite part de ses découvertes.

Plus l'histoire progresse, plus Benjamin a l'air enchanté.

— J'en suis. Il te faudra un voleur pour réussir.

— Je peux dérober un diamant moi-même, proteste-t-elle, mais je la fais taire d'un geste de la main.

— Si tu veux le faire, tu devras prendre Benjamin avec toi. C'est le meilleur voleur que je connaisse, il pourra sans doute t'apprendre des trucs.

Elle fait la tête, mais ne dit rien. Maligne. Elle devrait s'estimer heureuse que je la laisse s'amuser à ça. J'aurais bien aimé le faire moi-même. Un vol de diamant... J'adore ces cailloux, surtout les voler. Ce n'est pas surprenant que nous soyons confrontés à ce genre de défi à Attenburgh. Cette ville est pleine de gens riches qui peuvent s'offrir des pierres précieuses.

Ben me sourit.

— Qu'est-ce qu'on en fera ensuite ? Tu comptes vraiment le vendre à la personne qui a créé cette chasse au trésor ?

Je hausse les épaules.

— Je n'ai pas encore décidé. C'est un peu nul de leur remettre simplement le diamant. Nous le garderons peut-être le temps que tout le monde oublie ce vol, puis nous le vendrons nous-mêmes. Nous pourrions en tirer plus d'argent, comme ça.

Le sourire de Benjamin s'agrandit.

— Ça me plaît. Je me suis déjà fait quelques contacts qui pourraient nous être utiles. Ou, encore mieux, on pourrait le vendre chez nous. Personne ne fera le lien. Ça nous donnera une excuse pour rendre visite aux chats.

— Aux chats ? répété-je en riant. Je préférerais voir mes sœurs.

— Oui, aussi. Je les comptais comme des chats, je crois.

Ce garçon est bizarre. Bien qu'il soit humain, je parie qu'il donnerait tout pour être métamorphe. Vu comment il se comporte avec les chats qui l'ont adopté… ils sont faits les uns pour les autres.

— Comment va le faon ? lui demandé-je tandis qu'il se prépare du café.

— Ses blessures commencent à guérir. Elle est restée sur mon lit toute la nuit, bougeant le moins possible. Je pense qu'elle souffre encore beaucoup. Je vais aller lui acheter à manger. Tu as besoin de quelque chose au marché ?

— De l'herbe à chats ?

Lily me donne un coup de coude.

— Pas de drogue pour toi.

Je gémis.

— Aïe. À défaut d'herbe à chats, tu peux ramener de la nourriture ennuyeuse. Le frigo a l'air vide.

— Parce que vous mangez tous beaucoup trop, se plaint Lily. Dès que j'achète quelque chose, ça a disparu le lendemain.

— Nous sommes nombreux, répliqué-je en haussant les épaules. Et avec les chats en plus…

— On devrait se créer un potager et y faire pousser notre nourriture, intervient Caitlin, enthousiaste.

Nous la dévisageons tous. Un potager ? Qu'est-ce qui lui fait croire que nous serions doués en jardinage ? Elle se fait des idées. Elle essaie sans doute d'être plus normale qu'elle ne le sera jamais. Beurk. Les gens ordinaires craignent. Comme le jardinage. Tondre l'herbe, c'est une autre histoire. Tuer l'herbe à une vitesse record… Je devrais peut-être inventer une tondeuse pour humains. Ou pas. Ça m'enlèverait tout le plaisir d'un assassinat bien fait.

Je regarde ma montre. Il est bientôt l'heure de partir. Je ferais mieux de réveiller Ryker s'il souhaite m'accompagner.

Je termine mon thé et lance un regard envieux au meuble où j'ai planqué mon herbe à chats.

Lily glousse.

— Elle n'est plus là.

— Quoi ?!

— Je l'ai mise dans un endroit sûr où ni toi ni les chats ne serez tentés.

Je la fixe, bouche bée.

— Tu as touché à mon herbe à chats ?

— Oui. Et tu devrais me remercier. Je ne veux pas que tu redeviennes folle.

— Je ne suis pas devenue folle, marmonné-je, énervée. J'ai juste cédé à mes instincts.

— C'est bien ce que je disais. La folie. Je la garde pour les urgences. Si l'un de nous meurt, tu en auras besoin pour te remonter le moral.

Benjamin se racle la gorge.

— Tu t'attends à ce qu'il y ait des morts dans un futur proche ?

Elle hausse les épaules.

— Mieux vaut prévenir que guérir.

Je la déteste tellement.

CHAPITRE 13

*L*ady Lara me tend une embuscade avec le tailleur. Moi qui espérais un petit sursis avant de devoir me transformer en pelote à épingles, pas de chance. J'aurais aimé que Ryker soit là pour m'apporter son soutien, mais il ne nous rejoindra que plus tard. Il avait des histoires de chats à régler d'abord.

Le tailleur est une femme grande et élégante aux cheveux noirs et vêtue d'un costume en soie qui dévoile beaucoup de peau tout en cachant les parties les plus importantes. Sa coiffure me rappelle une corne de licorne. Tellement peu pratique.

Lady Lara m'adresse un sourire malicieux.

— J'ai avancé votre rendez-vous, puisque j'ai une urgence de dernière minute. Mlle Quim va s'occuper de vous. Nous avons déjà discuté de ce dont vous aviez besoin, donc tout ce qu'il vous reste à faire, c'est rester debout et avoir l'air jolie.

Je la fusille du regard. Elle sait pertinemment que cela ne me tente pas du tout. D'autres personnes seraient peut-être ravies de recevoir des vêtements sur mesure gratuitement, dans le cadre de leur travail, mais pas moi. Enfin, si elles comptaient m'offrir une nouvelle combinaison en cuir, je serais bien plus encline à ronronner de bonheur. La mienne vieillit, mais le cuir, c'est cher, et il est difficile de trouver quelqu'un qui puisse m'en faire une sans poser de questions indiscrètes. Si j'ai besoin de trous dans mon col pour cacher des aiguilles empoisonnées ou des fourreaux intégrés pour au moins quatre dagues, ça ne regarde personne.

— Ravie de faire votre connaissance, me salue joyeusement Mlle Quim. Allons dans mon atelier, je vais prendre vos mesures en un rien de temps.

J'adresse un nouveau regard mauvais à lady Lara, qui y répond d'un sourire innocent. Cette femme est diabolique. Dans le bon sens du terme.

L'« atelier » est en réalité un bureau vide au troisième étage, que le tailleur a transformé en salon d'essayage de fortune. Des paquets de tissus sont alignés sur le bureau. La plupart sont de couleurs sombres. Au moins, je n'aurai pas à porter du rose ou du blanc.

Un petit homme chauve nous attend. Il porte un costume vert vif et une écharpe jaune, mais il ne semble pas à l'aise dans sa peau. Comme s'il essayait d'avoir l'air de quelqu'un qu'il n'est pas.

— Je vous présente Stephen, mon assistant, me dit Mlle Quim. Il est nouveau, mais ne vous en faites pas, il m'a été chaudement recommandé. Ne craignez rien, il ne vous piquera pas.

— C'est rassurant, répliqué-je sèchement. Je préfère enfoncer les aiguilles moi-même.

Elle me lance un regard confus, puis se plaque un sourire sur le visage et me fait signe de me placer sur la plateforme ronde au centre de la pièce. J'obéis à contrecœur.

— Écartez un peu les bras, ma chère. J'ai besoin de voir votre taille.

Soupirant, je m'exécute. Stephen et elle me tournent autour, m'examinant sous toutes les coutures. Je ne me suis jamais sentie aussi mal à l'aise de toute ma vie. Leurs yeux me transpercent, repèrent chaque défaut. J'ai l'impression qu'ils peuvent voir mes cicatrices même à travers mes vêtements, ces marques qui racontent mon éducation. Des souvenirs gravés à jamais sur mon épiderme. Certaines trahissent ma proximité avec la mort. J'ai aussi une petite cicatrice sur la nuque, là où un couteau m'a transpercé la peau, manquant de peu ma colonne vertébrale.

— Vous êtes adorable, pépie Mlle Quim. Un modèle facile. Quand lady Lara m'a dit qu'elle avait besoin d'une tenue pour sa nouvelle garde du corps, je m'attendais à une femme masculine et baraquée, mais vous êtes parfaite. Je sais exactement quelle robe je vais vous faire.

Je regrette presque de ne pas être comme elle le pensait. Peut-être qu'alors elle m'aurait filé un tee-shirt et un pantalon tout simples.

— Ne soyez pas si maussade, ça va être amusant !

Je hausse un sourcil. Amusant ? J'en doute fortement. De la torture, plutôt. L'une des premières choses que j'ai apprises au cours de ma formation, c'est que la torture mentale est bien plus efficace que la physique. On ne peut couper un membre qu'une seule fois, mais on peut briser l'esprit morceau par morceau en prenant son temps, en jouant avec. En cet instant, c'est moi la victime, torturée par une robe.

— Vous allez devoir vous déshabiller, poursuit-elle. Je ne peux pas prendre vos mensurations correctement, sinon. Stephen va quitter la pièce pour ça, à moins que vous ne souhaitiez qu'il reste ?

Pourquoi aurais-je envie de ça, sérieux ?

Je soupire. Elle en comprend la signification et fait signe à son assistant de partir. Il se rue hors de la pièce sans un regard en arrière. J'aurais aimé être à sa place. Je n'ai pas envie d'être là, moi non plus.

Mlle Quim attend.

— Vos vêtements. Enlevez-les.

— Vous ne pouvez pas…

— Non. Les mesures ne seraient pas bonnes, sinon, et la robe ne vous irait pas. J'ai une réputation à tenir, et je refuse de la mettre en péril sous prétexte que vous êtes timide.

— Je ne suis pas timide, protesté-je.

— Alors que faites-vous encore habillée ?

Un grognement franchit mes lèvres. Elle écarquille les yeux, mais tient bon.

On dirait que je n'ai pas le choix. Je retire mon tee-shirt, mes bottes et mon pantalon en me trémoussant.

— Vous êtes jolie, dit-elle en inspectant mon corps de tous les côtés. Vous devriez porter des habits plus flatteurs.

— Je les préfère pratiques et durables. Tout le reste a tendance à être gênant.

Elle hausse les épaules, comme si c'était le prix à payer pour être jolie. Je ne suis pas d'accord, mais je ferais mieux d'en finir.

Mlle Quim attrape un mètre ruban et me mesure les membres. Elle ne prend aucune note, donc je présume qu'elle a bonne mémoire. Ou alors elle n'a pas vraiment besoin de faire ça et se contente de me torturer.

— Détendez-vous, dit-elle quand elle a terminé de mesurer mes jambes. Vous êtes raide comme un cadavre.

C'est vous que j'aimerais transformer en cadavre, madame.

— Je me détendrai quand nous aurons terminé, grogné-je. C'est encore long ?

— Ça prendra le temps nécessaire. Je vais vous confectionner la plus jolie robe que vous ayez jamais vue. Pendant que je prends les mesures, parlons de vos préférences.

— J'ai mon mot à dire ?

— Bien sûr. Lady Lara m'a donné des instructions assez détaillées, mais il reste encore des décisions à prendre. Quelle est votre couleur préférée ?

— Rouge. Rouge sang. Ou noir.

— Aucune des deux ne conviendra, je le crains, réplique Mlle Quim en pouffant. On ne porte le noir qu'aux enterrements et le rouge serait trop voyant. Vous ne devez pas éclipser certaines dames de l'aristocratie, elles pourraient mal le prendre. Puisque vous serez là en tant que garde du corps de lady Lara, il faut que vous vous fondiez dans le décor, tout en reflétant son autorité et sa haute position. Ce n'est pas une tâche facile, mais c'est pour ça qu'elle a fait appel à moi. Je suis la meilleure.

— Et pas du tout vaniteuse, me moqué-je.

— Je dis les choses telles qu'elles sont. Si vous cherchez un excellent tailleur, posez la question à n'importe qui, c'est moi qu'ils désigneront. Que pensez-vous du vert ?

Je hausse les épaules.

— C'est toujours mieux que le rose ou le jaune.

— Je pensais à du vert sombre, émeraude, avec des voiles d'une nuance plus claire. Olive, peut-être. Et un col couleur algue, décoré de petites pierres précieuses.

— Des pierres précieuses ? Vous êtes sérieuse ?

Elle éclate de rire.

— Elles entrent dans le budget que lady Lara m'a donné. Maintenant, dites-moi, quels sont vos besoins relatifs à votre travail ? Vous apporterez des armes, j'imagine ?

J'opine.

— Je dois pouvoir accéder facilement à mes couteaux. J'ai des étuis, que je peux porter aux cuisses et aux avant-bras, mais il me faudra des fentes dans la robe pour y accéder. J'aimerais aussi avoir des aiguilles empoisonnées. Elles sont faciles à cacher dans un col ou une couture épaisse.

— Pas de problème. Avez-vous besoin de poches ?

— Des poches ?

Mon humeur s'améliore considérablement.

— Vous pouvez mettre des poches à une robe ?

Elle rit à nouveau.

— Bien sûr. Ce n'est pas la première fois que je confectionne une robe bien plus complexe qu'elle n'en a l'air. J'ai récemment découvert un nouveau tissu censé résister aux coups de couteau. Je m'en suis servie pour le corset que portera lady Lara vendredi. Avec de la dentelle pour décorer, ça ressemblera à n'importe quelle robe.

C'est très malin. Je suis aussi rassurée de savoir que je ne serai pas la seule à protéger lady Lara. Cette robe ne la sauvera pas si quelqu'un tente de l'empoisonner ou de lui couper la gorge, mais c'est un bon début.

Le tailleur continue de me triturer et de me mesurer, me faisant lever les bras dans des positions étranges, tout en examinant chaque centimètre de mon corps. Je déteste ça. Si lady Lara ne me payait pas aussi bien, je partirais d'ici en courant. Ou j'assassinerais Mlle Quim. Les deux, sans doute.

Lorsqu'elle a enfin terminé, je pousse un soupir de soulagement exagéré. Dès que j'ai remis mes vêtements, elle rappelle Stephen. Il semble encore plus mal à l'aise qu'avant. Il y a quelque chose de bizarre chez cet homme, mais je n'arrive pas à mettre le doigt dessus. C'est peut-être juste parce que je ne suis pas habituée aux tailleurs et à être examinée comme un mouton bon pour l'abattage, cela dit, j'ai appris à me fier à mon instinct.

Mlle Quim m'indique l'étalage de tissus sur le bureau.

— Lequel préférez-vous ? La matière, pas la couleur. Ils sont tous d'excellente qualité, bien sûr, mais certaines personnes trouvent celui-ci trop collant sur la peau, par exemple.

Je touche tous les tissus qu'elle m'indique, me sentant un peu bête. Elle fait tellement d'efforts pour une tenue que je ne porterai sans doute qu'une fois ou deux. Est-ce ainsi que vivent les gens comme elle ? Je mourrais d'ennui, à sa place. Puisque le sujet ne m'intéresse pas, j'indique au hasard le plus près de l'endroit où je me trouve.

— Celui-ci.

Elle hausse ses sourcils parfaitement épilés.

— Vous êtes sûre ? Il est assez transparent, surtout sous les lumières vives.

— Hum. Je voulais dire celui-là.

Je montre le tissu rouge sombre juste à côté, qui paraît plus solide. Elle ne voit pas que je me fiche de ces détails ? Tant qu'elle ne m'oblige pas à aller à cet événement nue ou en sous-vêtements, ça m'ira. Oui, je vais grogner et me plaindre, mais au bout du compte, peu importe comment je suis habillée. Tout ce qui compte, c'est la sécurité de lady Lara.

Mlle Quim hoche la tête.

— C'est noté. Nous allons vous raccompagner vers lady Lara, puis je m'attellerai à la confection de votre robe.

Oh, joie.

ady Lara arbore une expression d'ennui, qui s'illumine quand nous entrons dans la pièce.

— C'est terminé ?

Je lève les yeux au ciel tandis que Mlle Quim opine avec enthousiasme.

— Je vais lui faire la meilleure des robes. Magnifique, pratique. Elle sera transformée.

— Je n'ai pas besoin de l'être, marmonné-je. Je m'aime comme je suis.

— Oui, oui, réplique-t-elle avec dédain. Maintenant, si nous en avons terminé, je voudrais retourner à mon atelier pour commencer le travail.

— Excusez-moi, dit tout à coup Stephen. Je crois que j'ai fait une erreur en mesurant le maire la semaine dernière. Puis-je vérifier rapidement la longueur de vos bras, madame ?

Lara fronce les sourcils, mais acquiesce.

— Allez-y. J'avais fini, de toute façon.

Il hoche la tête et s'avance en sortant un mètre ruban de sa poche. Mlle Quim a l'air perplexe. Je me raidis ; mon instinct me hurle que quelque chose cloche.

En un instant, je rejoins lady Lara avant que Stephen ne puisse la toucher.

— Ne vous approchez pas, grogné-je.

— Que se…

Je coupe la protestation de Lara en récupérant le mètre de la main de Stephen, bougeant bien plus vite qu'une humaine ne le devrait. Je m'en fiche, elle est en danger. Je le sens du bout de mes orteils jusqu'à la racine de mes cheveux.

Stephen se fige, les yeux écarquillés. Il ne sait pas quoi faire. J'en profite pour éloigner lady Lara, la plaçant derrière moi, loin de tout danger. Puis j'examine le mètre ruban. Il a une odeur étrange, même dans son revêtement en plastique.

Je le déroule prudemment. Comme Stephen ne porte pas de gants, tirer sur le bout métallique ne doit pas être dangereux. Je renifle le mètre. Merde.

Je le lâche au sol et m'avance à grands pas vers Stephen, que j'attrape par la gorge.

— Pourquoi ? sifflé-je.

Ses yeux s'écarquillent tellement qu'ils vont lui sortir des orbites. Il ne répond cependant pas. Il pince les lèvres, mais sans conviction. Juste un peu de pression suffira à le briser.

— Que se passe-t-il ? demande lady Lara d'une voix dure.

— Il a essayé de vous empoisonner, grogné-je en palpant Stephen à la recherche d'armes, au cas où. Le mètre ruban est recouvert d'Ombre de Lune. Un seul contact sur votre peau, et vous serez aux portes de la mort en dix heures. Et comme il est difficile de faire correspondre les symptômes à ce poison, personne ne s'en serait aperçu.

J'accrois la pression sur sa gorge. Il se met à haleter. Je le laisse se débattre. Bien qu'il soit à peu près de ma taille, je suis beaucoup plus forte que lui. Il devrait me remercier de ne pas avoir sorti les griffes. J'adorerais lui lacérer la peau, le faire saigner, mais nous avons un public qui ignore ma vraie nature.

— Pourquoi ? répété-je. Vous avez dix secondes

précisément pour me répondre avant que je ne vous coupe la queue.

Ses lèvres tremblent. Pathétique. Si tu veux tuer quelqu'un, aie au moins le courage de l'admettre.

— Dix. Neuf. Huit.

— Répondez-lui, ou je vous embroche moi-même, s'écrire le tailleur. J'ai assez d'aiguilles de tricot avec moi pour que ce soit douloureux.

Mon opinion la concernant s'améliore. Elle semble sincèrement énervée et choquée par la traîtrise de son assistant. Bien sûr, je vais devoir enquêter sur elle, voir si elle aurait des raisons de vouloir du mal au maire, mais pour l'instant, je vais partir du principe que Stephen agit seul.

— Sept. Six. Cinq. Quatre.

Une larme lui coule sur la joue. J'ai envie de vomir. Il ne mérite pas d'être qualifié d'assassin. C'est une mauviette qui a joué avec du poison et a échoué à sa tâche. Tout à fait pathétique. Il mérite de souffrir, beaucoup.

— Trois. Deux.

Je dégaine mon couteau et le fais tourner dans ma main, veillant à ce que l'homme voie combien il est aiguisé. Une lame émoussée, ça aurait été plus marrant, mais ça ne constitue pas une menace aussi efficace.

— Je... Je..., balbutie-t-il avant de changer d'avis et de pincer les lèvres.

Imbécile.

Je passe la lame sur sa joue, laissant une marque rouge. Une goutte perle et tombe sur sa chemise, laissant une tache écarlate sur le tissu immaculé.

— Un.

Sa lutte interne est parfaitement visible. Des perles de sueur sont apparues sur son front, et ses aisselles commencent à sentir fort. Plus qu'une légère insistance et il craquera. Le problème, c'est que les faibles d'esprit peuvent se briser de deux manières.

Soit ils cèdent et vous disent tout ce que vous voulez savoir, soit ils deviennent fous, se décomposent et essaient de faire quelque chose de stupide. Je ne sais pas encore de quelle catégorie relève Stephen.

— C'est ça. Vous avez eu votre chance. Mesdames, pourriez-vous lui retirer son pantalon ? J'aime bien voir ce que je coupe. C'est plus net.

— Pourriez-vous faire ça ailleurs ? demande lady Lara comme si elle assistait à une scène de tous les jours. Je viens juste de faire nettoyer ce tapis.

— Il y a une salle de bains par ici ?

— Dans le couloir. Je vais m'assurer que personne ne vienne vous déranger, même s'ils entendent des cris.

J'adore sa façon de jouer le jeu sans peine. Sa voix est parfaitement calme et composée. Elle est une complice parfaite. Dommage qu'elle soit devenue une politicienne de l'autre côté de la loi.

— Stephen, dites-lui, le supplie Mlle Quim. N'empirez pas la situation.

Elle n'a pas encore compris que son assistant ne sortirait pas d'ici vivant. Même si lady Lara insiste pour qu'il ait droit à un procès équitable, je ne laisserai pas ça se produire. Des accidents peuvent survenir quand les criminels rejoignent les commissariats. Ou bien les prisonniers se suicident dans leur cellule. Ce ne serait pas la première fois que je veillerais à ce que justice soit rendue. Cet homme est un danger pour les autres et, avec son incompétence, il pourrait même réussir à faire du mal à lady Lara à l'avenir. Il est un si mauvais assassin qu'il en est presque doué. Sa stupidité le rend imprévisible.

— Je...

Je soupire.

— Vous avez perdu votre langue ?

— J'ai été payé, souffle-t-il.

La sueur coule sur son visage, laissant des traces humides

sur ses joues. Beurk.

— On m'a payé pour faire ça.

— Qui ? aboyé-je.

— Ça ne vous regarde pas.

D'un coup de couteau, je lui entaille l'autre joue. Il tressaille, mais, à ma grande surprise, ne pleure pas. Il arrête de se débattre, son corps se fige étonnamment. Lui qui ne cessait de se trémousser jusque-là. C'est étrange.

— Que se passe-t-il ? Parlez ou je vous coupe la queue.

— Elle est minuscule, d'ailleurs. Ce n'est pas une grosse perte, commente Mlle Quim dans mon dos.

Il semblerait qu'elle l'ait vue de près.

Les lèvres de Stephen se relèvent en un sourire. Ses yeux ne sont plus écarquillés, mais ses pupilles sont dilatées comme s'il avait pris de la drogue. Il se passe une chose étrange, je ne sais pas du tout laquelle. Cela me frustre, ce qui signifie que je suis plus négligente. Ce n'est jamais une bonne chose. Je dois me concentrer et rester sur le qui-vive. Même s'il ne porte pas d'arme visible sur lui, j'aurais peut-être dû le déshabiller pour en être certaine.

— Emmenons-le à la salle de bains, annoncé-je. Je veux voir à quel point sa queue est petite.

— Quelles paroles courageuses, se moque-t-il.

Je le dévisage. Son expression a complètement changé en une fraction de seconde. Comme si quelqu'un d'autre avait pris son corps en main. Ses yeux, plus intenses, sont rivés sur moi.

— Salut, chaton, ronronne-t-il.

Même sa voix est différente, plus suave, presque sensuelle.

— Je n'avais pas prévu de prendre les commandes si vite, mais il était en train de craquer.

Je resserre ma main autour de sa gorge tout en l'éloignant de moi.

— Qui êtes-vous ?

— Une partie intéressée. C'est tout ce que vous saurez. Il est temps que Stephen accomplisse sa tâche avant que vous ne le coupiez en tranches.

— Je lui ai pris son mètre ruban. Il n'a plus d'armes. Le maire est en sécurité.

Stephen – ou du moins celui qui l'habite – éclate de rire.

— Je n'ai jamais eu l'intention de faire du mal au maire.

Il s'affaisse tout à coup, me prenant par surprise. Je trébuche vers l'avant, entraînée par son poids, et il profite de l'occasion pour me frapper du pied droit. Une douleur perçante explose en moi, pas celle, normale, causée par une chaussure heurtant une jambe. C'est pire que ça. Un liquide colle mon pantalon à ma peau. Je saigne.

Je lâche Stephen et bondis en arrière, inspectant les dégâts. Une petite lame dépasse de la chaussure de Stephen, couverte de mon sang. Ce connard m'a plantée. Si la blessure ne doit pas être profonde, vu la taille de la lame, elle me fait quand même un mal de chien. La chaleur remonte ma jambe, un feu étrangement douloureux qui me brûle de l'intérieur. Je pousse une exclamation quand il atteint mon bassin et descend dans mon autre jambe. Je m'affale sous l'effet de la douleur et m'écroule au sol. Un brasier invisible me dévore, incessant, se répandant dans ma poitrine et mon dos.

Je ne peux plus retenir mon cri. La souffrance est trop forte. Je hurle mon agonie, tandis que Stephen éclate de rire.

— Tu aurais dû choisir un boulot plus discret. Tu as été beaucoup trop facile à trouver.

Oui, je le regrette à présent, croyez-moi. Je halète alors que la douleur se répand dans mes bras. Le couteau m'échappe de la main, atterrissant, inutile, sur le tapis.

— Qu'est-ce que vous lui faites ? hurle lady Lara, indignée. Arrêtez ça tout de suite !

— Je n'en ai aucunement l'intention, réplique Stephen sur un ton léger. Vous verrez pourquoi dans une minute. Cela révélera des choses que vous devriez connaître, d'après moi.

— Mademoiselle Quim, sortez d'ici. Allez chercher les gardes, ordonne Lara.

Pour l'heure, je suis trop faible pour tourner la tête et savoir ce qu'il se passe. La douleur me consume, me ronge de l'intérieur. Elle a atteint mon cou, rendant ma respiration plus difficile. Je crois que la peau de ma gorge gonfle, comprimant mes voies respiratoires. Si je ne fais rien, je vais suffoquer. Mais je ne peux même pas bouger. Tout ce que je peux faire, c'est endurer et espérer que ça passe.

La porte claque. J'imagine que le tailleur est partie.

— Je sais ce qu'elle est, réplique lady Lara d'une voix forte. C'est pour ça que je l'ai engagée. Vous ne pourrez rien m'apprendre que je ne sais déjà.

Si je n'avais pas de difficultés à respirer, je hoquèterais de surprise. Comment est-elle au courant ?

— Alors, peut-être que je devrais vous tuer vous aussi, madame le maire, répond Stephen d'une voix froide. Je vous croyais totalement innocente. S'il s'avère que vous *les* soutenez en secret, je vais devoir prendre des mesures.

— Les ? répète sèchement Lara.

— Donc, vous n'êtes pas au courant. À moins que si ? Peu importe, je le saurai dans un instant.

De quoi est-ce qu'il parle ? À moins que…

Parfois, au sein de la Meute, ils nous blessaient tellement que nous nous transformions involontairement. Cela n'arrivait pas à tout le monde, mais c'était un mécanisme de défense pour certains. Je n'ai jamais connu ça, même alors que j'ai côtoyé la mort et la douleur de très près, mais on dirait que c'est ce qu'il attend. Il va être déçu. Je ne me transforme que quand je l'ai décidé, et il est hors de question que je lui fasse ce plaisir.

On m'arrache les ongles. C'est du moins l'impression que j'ai. Je crie et tente de me rouler en boule, mais chaque mouvement me fait souffrir. Alors que je suis censée être la garde du corps, la protectrice, me voilà au sol à me tortiller de douleur pendant que la femme qui m'a engagée pour la protéger prend ma défense. Du moins, j'espère qu'elle le fait. Elle est derrière moi et je n'ai pas la force de me retourner pour m'en assurer.

— C'est une sorte de poison ? demande-t-elle.

Oui, ai-je envie de confirmer, mais je parviens à peine à respirer, encore moins à parler. Chaque souffle me fait plus mal que le précédent.

— Bien sûr. Il n'aurait aucun effet sur vous, cela dit. Il ne fonctionne que sur une certaine catégorie de… personnes.

— Les métamorphes, vous voulez dire.

Merde. Elle est vraiment au courant.

— Je suis surpris, dit l'homme – que je n'ai plus envie d'appeler Stephen, puisque c'est clairement quelqu'un d'autre – d'une voix mélodieuse.

Je parie que c'est un siren. Puissant, en prime, pour contrôler Stephen à distance. Cela dit, l'assistant a dit qu'il avait été payé pour le faire, donc il est peut-être plus facile de maîtriser quelqu'un si la victime a reçu une récompense pour obéir aux ordres.

— Vous seriez surpris de beaucoup de choses, réplique froidement lady Lara. Par exemple, saviez-vous que j'ai récemment installé un nouveau système de sécurité ? Une technologie très, très spéciale. J'ai mis du temps à trouver quelqu'un capable de le créer. J'ai dû aller jusqu'à la capitale pour dénicher cette personne, mais ça en valait la peine.

Bien que j'aie envie de l'acclamer, je perds peu à peu conscience. Mon cerveau ne reçoit plus assez d'oxygène. Mon corps entre en hibernation, ce qui sera suivi par la mort si rien ne vient stopper ce poison. Même si je transporte toujours des antidotes sur moi, c'est la première fois que j'entends parler du produit que l'on m'a injecté. Mon seul espoir à présent, c'est un miracle.

Ou un maire très, très malin, comme le prouvera l'avenir.

CHAPITRE 15

Juste avant que l'obscurité n'envahisse les bords de mon esprit, un petit fredonnement me parvient aux oreilles. Pas suffisamment fort pour que le maire l'entende, à mon avis. Je voudrais la prévenir que le siren semble avoir prévu autre chose, mais rien que rester consciente requiert mes dernières bribes d'énergie. Je suis si déconnectée de la réalité que je sens à peine la douleur, à présent.

— C'est mieux, marmonne lady Lara, d'une voix très lointaine. Dis-moi, Stephen, où avez-vous mis l'antidote ? Je sais que vous ne seriez pas assez bête pour transporter du poison sans en avoir l'antidote.

— Je… Je…, balbutie-t-il, redevenu lui-même.

Qu'est-il arrivé au siren qui le contrôlait ? Est-il parti ?

J'entends Lara ramasser mon couteau. Je l'imagine le plaquer contre la gorge de Stephen. Ou bien son entrejambe, peut-être.

— Dites-moi, siffle-t-elle, sans plus faire semblant d'être calme. Tout de suite.

— Un patch sur ma nuque, gémit-il.

On dirait qu'il souffre. Elle a dû le poignarder.

— Il m'a dit que le poison ne me ferait pas de mal, mais qu'il pourrait me rendre un peu malade, si j'entrais en contact avec par accident. Alors il a posé un patch sur ma peau.

— Priez le dieu ou la déesse de votre choix qu'il reste assez d'antidote dessus, lui lance-t-elle sèchement.

J'ai envie de sourire. Quelle dame. Elle a beau se cacher derrière une apparence de femme politique, au fond d'elle, elle est une combattante qui n'a pas peur de prendre les mesures nécessaires.

L'obscurité m'engloutit. J'espère qu'elle lui a coupé la queue.

La douleur dans ma jambe est la première sensation qui affleure à mon esprit fatigué. Ensuite vient le sentiment profond d'être en sécurité. Je ne l'éprouve pas très souvent. À la maison, avec mes hommes, oui, mais avant de les rencontrer, avant de me libérer de la Meute, je ne m'étais jamais sentie ainsi.

— Vous êtes réveillée ?

La voix douce et profonde est comme un baume guérisseur sur moi.

Je grogne.

— J'imagine que vous devez souffrir, mais c'est toujours mieux que d'être morte, n'est-ce pas ? Voir toujours le côté positif, c'est mon crédo. Quelles que soient les difficultés que j'affronte. Ne jamais oublier que le soleil se lève tous les matins, même si la nuit semble durer une éternité.

J'aurais préféré qu'elle me propose des antidouleurs plutôt que de jolies métaphores.

— J'ai envoyé chercher Bethany. Le patch semble vous avoir ramenée parmi nous, mais je ne pense pas qu'il vous permette de vous rétablir totalement. Il était destiné à un humain, après tout.

J'ouvre les yeux. Cela requiert bien plus d'énergie qu'il ne m'en faut d'ordinaire pour grimper une maison.

— Comment ? demandé-je d'une voix rauque, à peine audible.

Ma gorge me semble toujours recouverte d'acide.

— Comment ai-je réussi à expulser le siren ?

J'opine faiblement.

— J'ai découvert leur existence il y a des années. C'est à ce moment-là que j'ai décidé de me lancer en politique. Je savais que c'étaient eux qui dirigeaient, et je voulais nous donner, à nous les humains normaux, une chance de nous gouverner nous-mêmes. Bien sûr, j'ai toujours joué les innocentes, malgré leur insistance pour découvrir ce que je savais. Lorsque je suis devenue maire, j'ai demandé à quelqu'un d'équiper cette pièce d'une technologie antisiren. Ne me demandez pas comment ça fonctionne, parce que je n'en ai aucune idée.

Elle rit, un son qui dissipe une partie de ma douleur.

— Je suis plutôt contente d'avoir investi tant d'argent et d'efforts pour ça. Pour être honnête, je n'étais même pas certaine que ça fonctionnerait, puisque c'est un prototype.

Quand j'irai mieux, je lui demanderai les coordonnées de la personne qui lui a donné cette technologie. J'en ai besoin, moi aussi. Celui qui a cherché à me tuer va réessayer. Aujourd'hui, demain, bientôt. Ce n'est qu'une question de temps. Mais je serai mieux préparée la prochaine fois. Je ne m'attendais pas à ce qu'on me traque ici, à Attenburgh, si loin de la Meute. Étant en compagnie du maire, je n'aurais jamais cru que je puisse être la cible. Avec le recul, j'aurais agi de la même façon. J'ai été blessée parce que je tentais de protéger lady Lara, c'est mon boulot.

— Pour le cas où vous vous poseriez la question, Stephen est mort, déclare-t-elle, me sortant de mes pensées. J'ai dû faire vite, parce qu'il fallait que je vous aide. Je n'avais pas le temps de l'attacher en attendant les renforts. Ce n'était de toute façon pas mon intention.

Ses yeux luisent de colère.

— Il a apporté la violence dans mon sanctuaire privé. Ce bureau est censé être un lieu de paix. Je suis au service des habitants de cette ville, j'essaie de les protéger, de rendre leur vie meilleure. Chaque seconde que je passe ici est pour aider les autres. Ses actions tordues ont détruit ça.

— Comment ?

— Comment est-ce que je l'ai tué ?

J'acquiesce.

— Je savais que vous voudriez le savoir. Et je parie que vous vous demandez s'il a encore toutes ses parties.

J'opine à nouveau.

Elle m'adresse un sourire diabolique.

— À l'aide de votre couteau, je l'ai poignardé dans la poitrine. Je pense que la présence du siren l'a affaibli, il n'a même pas cherché à lutter. J'ai ressorti la lame, et je l'ai enfoncée dans son entrejambe. Pour tout vous dire, voir et toucher son sexe n'était pas très plaisant, surtout alors que vous étiez en train de mourir à côté. En outre, les pénis ne m'intéressent pas.

Mon esprit met un moment à analyser ça. Elle est gay.

Des pas au loin attirent mon attention, et je tourne la tête. Mauvaise idée. Le monde bouge et tourbillonne, et la tête me tourne. Je ferme les yeux en gémissant.

— Quelqu'un... arrive, dis-je, la respiration sifflante.

Je me comprends à peine moi-même, pourtant lady Lara semble avoir saisi le message. Elle se lève et empoigne mon couteau. Bien qu'elle ait nettoyé la lame, j'y sens toujours l'odeur du sang de Stephen.

Je n'essaie même pas de m'asseoir, je suis bien trop faible pour ça. Cela me ferait puiser dans mes dernières réserves d'énergie. J'espère que lady Lara peut nous défendre toutes les deux, en cas de besoin. Quel garde du corps compétent je suis.

L'odeur de Bethany me parvient quelques instants avant que la porte ne s'ouvre brusquement. Elle pénètre dans la pièce, les yeux écarquillés, et me dévisage.

— Qu'est-ce que tu t'es fait, encore ?

Je lève les yeux au ciel. C'est la réponse la plus éloquente que je puisse lui donner dans mon état.

Elle s'agenouille à mes côtés et me prend le pouls.

— Que s'est-il passé ? demande-t-elle à lady Lara.

Cette dernière va fermer la porte, puis revient s'asseoir près de moi. Je ne sais pas ce qu'elle fait par terre, alors qu'elle aurait pu s'installer dans son joli fauteuil en cuir. Celui que je lui envie toujours. Après tout, sa proximité n'est d'aucune utilité face au poison qui coule dans mes veines.

Elle fait un résumé des événements à Beth. Mon amie opine, professionnelle, puis retire le patch de mon cou, m'arrachant des petits cheveux au passage. Si j'avais pu la frapper, je l'aurais fait.

— Oups, marmonne-t-elle, un grand sourire aux lèvres.

Elle lève le patch et l'examine. C'est la première fois que je le vois, moi aussi. C'est un carré noir de trois centimètres sur trois, qui ressemble à une sorte de pansement, la couleur en moins.

— Intéressant. C'est une façon très ingénieuse d'administrer un antidote, commente-t-elle, approbatrice. J'imagine que ça doit bien marcher aussi pour les poisons, même si ça doit être difficile à cacher à notre cible. Malgré tout, je vais garder ça en tête.

Je parie qu'elle va commencer ses expériences dès notre retour à la maison.

— Kat, est-ce que tu sais quel poison tu as reçu ?

Je secoue la tête. J'aurais bien aimé, pourtant.

— Ça veut dire que c'est un truc rare. Tu souffrais beaucoup. Tu as eu d'autres symptômes ?

— Brûlure, répliqué-je en gémissant. Respiration. Difficile.

J'aimerais que ma gorge arrête de donner l'impression d'être à deux doigts de se détacher de mon corps.

Bethany fronce les sourcils.

— Je peux te donner quelque chose contre les symptômes. Beaucoup d'antidouleurs, plus des antidotes classiques. Ça devrait suffire le temps que j'analyse ton sang dans mon labo pour créer quelque chose de plus spécifique.

— Combien de temps cela prendra ? l'interroge lady Lara, inquiète.

Pour moi ? Comme c'est gentil. Je me demande si elle se fait du souci sur le plan professionnel ou personnel. Si je suis hors jeu, elle va devoir se trouver un nouveau garde du corps. Par chance, les gars pourront la protéger à tour de rôle. Même si elle a prouvé qu'elle pouvait se débrouiller seule, c'est mon boulot de veiller à sa sécurité, et ce n'est pas un petit empoisonnement qui m'empêchera de le prendre au sérieux.

— Comme tu n'as pas l'air capable d'avaler quoi que ce soit, je vais te faire une piqûre, déclare Bethany quelques secondes avant d'enfoncer une aiguille dans mon bras.

Le fait que je ne me débatte pas d'instinct prouve combien je suis faible.

— Tu vas sans doute te sentir un peu vaseuse. Je t'ai donné une forte dose. Nous ferions mieux de rentrer à la maison, maintenant. Madame le maire ? Pouvez-vous nous trouver un moyen de transport ?

Vaseuse ? Je me sens super bien. Je flotte sur des arcs-en-ciel, chevauche des licornes, vole sur le dos d'un péritio. C'est encore mieux que l'herbe à chats, et ce n'est pas peu dire. Je laisse les humains discuter et me contente de profiter du voyage.

❉ ❉ ❉ ❉

Quand nous arrivons à la maison, les licornes ont disparu, remplacées par une nouvelle douleur. À moins que ce ne soit l'ancienne qui soit revenue. Je m'en fiche. Tout ce que je sais, c'est que mon corps me fait souffrir et que ma gorge s'est de nouveau comprimée.

— Qu'est-ce qui lui est arrivé, bordel ?

Lennox et Gryphon se pressent autour de moi, et leurs visages inquiets apparaissent par intermittence dans les coins de ma vision. Sans les arcs-en-ciel, le monde est tristement lugubre.

— Du poison, explique Bethany. Mais je ne sais pas lequel. C'est un siren qui le lui a donné. Enfin, pas le siren lui-même. Il a contrôlé un humain, qui l'a administré via une pointe dans sa chaussure. Elle a failli mourir, mais par chance, l'humain avait un antidote collé sur lui. Il a cependant cessé de faire effet et son état se dégrade.

Je suis juste là, ne parle pas de moi comme si j'étais absente.

Malheureusement, j'ai la gorge trop gonflée pour pouvoir parler. Respirer me fait mal. Je déteste me sentir si démunie, faible et impuissante. Je vais tuer le siren qui m'a mise dans cette situation. Il va souffrir jusqu'à n'être plus qu'une masse grouillante au sol.

— Un siren ? répète Gryphon, et son visage balafré se crispe. Kat, est-ce que le poison avait une odeur particulière ?

Je parviens à secouer la tête. Je n'ai pas reniflé la chaussure de l'humain, mais je n'ai pas le souvenir d'avoir senti quoi que ce soit.

— Ça réduit beaucoup les possibilités. Aucune odeur de rose, vraiment ?

Je suis empoisonnée, pas stupide. Je secoue la tête.

— Très bien. Bethany, je viens avec toi au labo. Je vais préparer des antidotes aux poisons les plus communs des sirens, en commençant par les plus probables. Mais d'abord, je crois que tu aurais bien besoin d'antidouleurs, Kat.

Il a sacrément raison.

Il me caresse gentiment la joue, en un geste si doux que je frissonne sous ses doigts. Je me mets à le détester lorsqu'il s'éloigne pour aller chercher son matériel médical.

Heureusement, Lennox est toujours là et prend sa place.

— Ça fait très mal ? demande-t-il d'une voix rendue rauque par l'inquiétude.

J'aimerais secouer la tête pour le rassurer, mais mon corps me trahit. Une nouvelle vague de souffrance me transperce, et les larmes coulent de mes yeux.

— Oh, chaton, je suis tellement désolé, souffle-t-il. J'aimerais pouvoir faire quelque chose.

Il me prend la main et la serre. Je m'y accroche fort lorsque le nouveau tsunami de douleur s'abat sur moi. Je ne sais pas si je pourrai supporter ça encore longtemps. La souffrance se répand du bout de mes orteils au sommet de mon crâne. Ça va être dur d'en faire éprouver autant au siren en guise de revanche. Ce sera un défi pour mes capacités de torture.

— Kat, est-ce que tu sais qui a fait ça ? As-tu reconnu le siren ?

Je secoue la tête. Comment aurais-je pu ? Je ne connais aucun de ceux d'Attenburgh. À l'exception de Gryphon, bien sûr, qui nous a accompagnés.

Quand on parle du loup : il revient avec son matériel.

— Veux-tu de quoi dormir ? demande-t-il. Je ne crois pas que mes analgésiques soient assez puissants pour enlever toute ta douleur.

Je secoue la tête. Je ne veux pas perdre connaissance. Et si le siren revenait ? Eh bien, dans ce cas, je ne pourrais rien faire. Je n'arrive même pas à lever la tête.

Je soupire et acquiesce. Une sieste, bonne idée.

Lennox m'embrasse sur le front.

— Quand tu te réveilleras, tout ira de nouveau bien.

Il a intérêt à tenir sa promesse. Je ne suis pas d'humeur à mourir.

CHAPITRE 16

$\mathcal{M}$on réveil est indolore. Je fléchis les mains, tourne la tête d'un côté, puis de l'autre. Rien. Que le gros chat poilu soit béni.

— Salut, sœurette.

J'ouvre les paupières et me regarde. Non, c'est Caitlin. Je les cligne, essayant d'éclaircir ma vision. Le monde est toujours un peu vaseux. Je m'essuie les yeux et enfin j'y vois mieux. J'ai des saletés jaunes sur les doigts. Beurk. Ça venait de moi ? Bizarre.

— Comment tu te sens ?

Contrairement à mes hommes, elle ne semble pas inquiète. Mesdames et messieurs, je vous présente ma sœur. Forte, posée, féline. J'aimerais la complimenter pour ça, mais je réserve ça pour plus tard. Nous avons des sujets plus importants à aborder.

— J'ai dormi longtemps ? demandé-je.

Du moins, j'essaie. Ma voix ressemble à une scie frottant une pierre.

Caitlin me tend un verre d'eau en souriant. Je me redresse, surprise que ce soit si facile. Je n'ai pas retrouvé ma force habituelle et j'ai le dos un peu raide, mais la douleur a complètement disparu.

Je vide le verre d'une traite. L'eau fait disparaître le mauvais goût que j'ai dans la bouche, que je ne remarque qu'une fois qu'il a disparu.

— Un moment, répond ma sœur. J'ai enfin réussi à convaincre tes compagnons de dormir un peu et de me laisser veiller sur toi. Crois-moi, il a fallu user de beaucoup de persuasion. Et de menaces, aussi.

Elle sourit.

— Au moins, je sais maintenant lesquelles fonctionnent sur eux. Ça peut servir, pour plus tard. La prochaine fois que tu seras inconsciente pendant des jours.

— Des jours ? répété-je, stupéfaite. Quel jour sommes-nous ?

— Vendredi matin. Désolée de te le dire, par contre, mais ça ne t'a pas réussi. Tu es toujours aussi moche qu'avant.

Je lui grogne dessus.

— Tu me ressembles. Si je suis moche, alors toi aussi.

— Je n'ai jamais dit le contraire.

— Tu devrais travailler ta confiance en toi, sœurette. Tu es jolie, et donc moi aussi. Maintenant, dis-moi ce qu'il s'est passé pendant que je dormais.

— Eh bien, Ryker a failli tuer Gryphon, puis Gryphon a failli tuer Lennox, et ainsi de suite. Par pitié, ne leur refais plus jamais ça. Ces garçons perdent totalement le contrôle si tu n'es pas là pour tenir leur laisse.

— Ces garçons ? Ils sont plus vieux que toi.

Elle hausse les épaules.

— Ils se comportent comme des adolescents. Bethany et Gryphon ont réussi à préparer un antidote assez vite, grâce au patch qui leur a servi d'échantillon, mais ton corps a mis du temps à guérir. Hier soir, tu t'es transformée, et tout le monde a cru que tu allais te réveiller, mais tu as continué à dormir, et tu as de nouveau changé de forme quelques heures plus tard. C'était très bizarre.

— Tu sais quel poison le siren m'a donné ?

Elle secoue la tête.

— Non, et les autres non plus. Aucun de nous n'avait déjà vu ça avant. Au moins, nous avons un antidote, à présent. Beth en a préparé une bonne quantité, afin que nous, les métamorphes, puissions en avoir toujours sur nous à partir de maintenant.

— Ça m'étonnerait que le siren utilise la même méthode. Il envisagera un nouveau moyen de m'attaquer, mais cette fois-ci, je sais qu'il rôde. Je serai sur mes gardes. Toi aussi, tu devrais l'être. Nous nous ressemblons beaucoup, il pourrait te confondre avec moi.

— Ne t'en fais pas, je suis toujours prudente. Si j'avais été dans cette pièce, il ne se serait jamais approché de moi.

— Et le maire serait sans doute morte.

Elle hausse les épaules.

— Mieux vaut elle que moi.

— Et voilà précisément pourquoi tu n'es pas inscrite dans le roulement des gardes.

Je me redresse en réalisant qu'aujourd'hui est un grand jour.

— Est-ce que le truc des pierres précieuses est toujours d'actualité ?

— Si tu parles du casse, oui. Si tu parles de toi assurant la protection du maire, alors non. C'est Lennox qui s'en chargera à ta place. C'est le seul des gars à avoir l'air normal.

Je ricane.

— Sauf s'il se transforme.

— Oui, sauf s'il le fait, en effet.

Je n'ai aucunement l'intention de le laisser prendre ma place ce soir, mais je ne le dis pas à ma sœur. Pas tout de suite.

— Parle-moi de ton plan pour le vol.

— C'est Benjamin et moi qui nous en chargeons. Lily sera présente comme invitée et renfort si besoin. Elle a réussi à séduire un homme qui se rend au bal, donc elle l'accompagnera. Ryker et ses chats patrouilleront dans la zone pour trouver les meilleures voies d'évacuation. Beth reste ici. Faire le gros du travail ne l'intéresse pas, mais je parie qu'elle voudra sa part du butin.

— Et Gryphon ?

— Il sera là aussi, à te babysitter, pour s'assurer que tu ne fasses pas ce que je sais que tu prévois déjà.

Je feins l'innocence.

— Je prévois de rester au lit et de dormir. De lire un peu, peut-être. Je n'ai jamais le temps, d'habitude.

— Oui, c'est ça. Tu oublies que nous sommes des clones. Je te connais mieux que tu ne le crois. Gryphon a la permission de te soudoyer avec de l'herbe à chats, pour que tu restes tranquille.

De l'herbe à chats. Je me mets à saliver. Cela dit, je ne suis pas sûre d'apprécier encore autant ça après avoir goûté aux antidouleurs arc-en-ciel.

— J'aimerais presque être à ta place. Personne ne m'offre jamais d'herbe à chats.

— Parce qu'on ne sait pas quel effet ça aura avec tes médicaments.

Elle lève les yeux au ciel.

— Oui, je sais, je sais. Je suis jalouse quand même.

— Revenons-en au vol. Qu'est-ce que vous ferez du diamant ensuite ? Vous le remettrez aux personnes qui nous ont appris son existence ?

— Nous n'avons pris aucune décision encore. Je crois que les garçons veulent qu'elle te revienne. Moi, je suggère que nous fassions semblant de vouloir le leur remettre, comme ça, nous découvrirons qui est derrière tout ça. S'ils sont gentils, nous pourrons le leur vendre. Sinon nous pourrons les tuer.

Je pouffe.

— C'est un bon plan. Le seul problème, c'est que ce sont peut-être des sirens. Tu y as pensé ?

Elle hausse les épaules.

— Ça ne change rien. À moins que l'un d'eux ne soit le siren diabolique qui a voulu te tuer, je m'en fiche. Je peux faire affaire avec des sirens, des humains, des métamorphes ou des extraterrestres, tant qu'ils me paient. Je ne compte pas devenir leur amie. C'est une transaction commerciale, purement et simplement.

— Tu ferais affaire avec des sirens ? Après ce qu'ils nous ont fait ?

— Gryphon en est un et c'est un gentil. J'imagine donc qu'il y a d'autres sirens amicaux par ici. Il suffit de les trouver.

Je ne la contredis pas. Je dois préserver mes forces pour ce soir.

— Il s'est passé autre chose pendant que je dormais ? Des nouvelles de notre sœur ?

Son sourire s'efface.

— Rien. Pas la moindre rumeur à son sujet. Soit elle n'est plus dans cette ville, soit elle est bien cachée, soit elle n'est plus en vie.

— Concentrons-nous sur les deux premières hypothèses. Je refuse d'envisager que nous devions enterrer une autre sœur.

Caitlin opine.

— Je suis d'accord. Quand tu te sentiras mieux, tu pourras te servir de ton poste auprès du maire pour la chercher.

— C'était bien mon intention. Est-ce que lady Lara vous a contactés pour parler de mon avenir avec elle ?

— Oui, elle t'a envoyé des fleurs, mais les chats les ont mangées. Elle espère te revoir au travail dès que tu iras mieux.

Je soupire de soulagement. J'avais peur qu'elle me vire. Pas seulement parce que cela me priverait de ses ressources pour retrouver K7. Parce que je l'aime bien, pour une raison étrange. Et parce que c'est amusant d'avoir un vrai travail.

La mention des chats me fait penser à un autre animal de cette maison.

— Comment va Willow ?

Caitlin sourit.

— Elle se pavane comme si elle était chez elle. Elle est devenue la cheffe des chatons, en quelque sorte. Ne me demande pas comment ça fonctionne, alors qu'elle est censée être la proie. Benjamin la gâte dès qu'il le peut. Tu vas devoir lui parler avant que la pauvre biche ne devienne ronde comme une barrique.

J'éclate de rire.

— Il me tarde de la voir. Mais je suis un peu fatiguée, je crois que je vais refaire une sieste.

Caitlin me lance un regard soupçonneux.

— Tu n'as pas l'air fatiguée.

— C'est parce que je suis douée pour faire semblant. Allez, va-t'en, que je puisse fermer les yeux.

Puisqu'elle semble sur le point de protester, je la fusille du regard et bâille bruyamment. Après un nouveau coup d'œil méfiant, elle me laisse toute seule.

Dès que je l'entends descendre l'escalier, je me lève et me dirige vers la fenêtre. Un Post-it est collé dessus.

« TU N'AS PAS INTÉRÊT À PARTIR »

Je ricane. Comme si ça allait me retenir.

J'ouvre la fenêtre et découvre un nouveau post-it sur le rebord extérieur.

« JE TE PRÉVIENS »

C'est l'écriture de Gryphon. On reconnaît son éducation snob aux courbes élégantes de ses J et de ses P.

La grande question, c'est : jusqu'où ira-t-il pour m'empêcher de m'en aller ? A-t-il prévu pire que les Post-it ? À sa place, j'aurais installé quelques pièges, peut-être des aiguilles recouvertes de poison somnifère. Ou un système d'alerte se déclenchant dès que je quitterais la pièce. Non, ça m'étonnerait qu'il ait prévu quelque chose d'aussi sophistiqué, ce serait un peu exagéré.

Je vérifie malgré tout qu'il n'y ait pas de piège autour de la fenêtre, mais comme je le pensais, il n'y a rien. Je suis un peu trop paranoïaque. Je mets le papier dans ma poche, pour me rappeler de me venger de Gryphon, et bondis sur le rebord, accroupie. Même si je suis au deuxième étage, le saut ne me fera rien. Les chats retombent toujours sur leurs pattes.

Un miaulement en dessous de moi attire mon attention. C'est Théière, la chatte tigrée qui se fait un malin plaisir de me réveiller le matin. Diablesse. Elle me fixe de ses yeux verts lumineux, comme pour me défier de sauter. Malgré la distance, je peux percevoir ses pensées. Elle compte me dénoncer à Gryphon. D'accord, elle est pire que le diable. Elle a beau avoir l'air tout innocente, moucharder la ravit.

La sortie de secours du bas est bloquée – par un chaton, rien que ça. Ce qui ne laisse plus que les toits. Les murs de notre maison sont vieux, et les fissures entre les briques le rendent facile à grimper. Je l'ai déjà fait. Ce que j'ignore, c'est ce qui m'attend en haut. Je commence à craindre que Gryphon ait pensé à tout.

Puisqu'il est hors de question que je reste cloîtrée à l'intérieur, cela dit, je me mets à grimper. Mes muscles protestent sous l'effort. J'ai passé beaucoup trop de temps au lit. Et à combattre le poison qui a tenté de me tuer.

Il me faut bien plus longtemps que d'ordinaire pour atteindre le toit. Je m'y assieds un instant pour me détendre les jambes. J'ai l'impression d'avoir vieilli d'au moins trente ans en une nuit. Ce n'est pas drôle du tout. La liste des choses que je vais faire à ce siren s'agrandit considérablement. Il me faudra plusieurs jours pour arriver à caser toutes les techniques de torture que je prévois de lui administrer. Il me suppliera de l'épargner, mais je ne ferai preuve d'aucune clémence. Il m'a regardée me tordre de douleur sur le sol. J'imagine que le spectacle lui a plu. Alors non, il n'aura droit à aucune indulgence de ma part. Sa mort sera longue et extrêmement douloureuse.

Cette perspective me fait sourire. D'abord, cependant, je dois le trouver. Dans une ville remplie de sirens et sans avoir jamais vu son vrai visage, ça ne va pas être facile. La voix de Stephen a changé quand le siren a parlé à travers lui, mais je ne sais pas si cela ressemblait à la sienne pour autant. Je suis dans le flou concernant son identité. Je dois le forcer à se montrer, à m'affronter directement.

Un étrange bourdonnement attire mon attention. Je me raidis. Est-ce que c'est... Oui, un petit hélicoptère télécommandé apparaît alors qu'il s'élève en ligne droite. J'ai toujours voulu en avoir un, enfant, mais je n'avais bien sûr pas les moyens, et je n'aurais pas eu le droit d'en posséder un non plus. Ils m'auraient retiré le jouet dès qu'ils m'auraient vue avec. Nous n'avions même pas le droit d'avoir des peluches. Rien ne devait nous détourner de notre objectif : devenir des armes de la Meute. Les assassins n'ont pas besoin de peluches.

Je devrais en envoyer une à Mini-Kat. Je me le note. Elle est encore assez jeune pour se réapproprier son enfance. Peut-être que tante Rose lui a déjà offert des jouets – oui, je parie que c'est le cas, tant elle est géniale –, mais je veux être sûre que ma petite sœur ne manque de rien. Dès que nous aurons récupéré le diamant, nous pourrons rentrer à la maison quelque temps pour lui rendre visite. Officiellement, nous y serons pour vendre le caillou, bien sûr. Je ne veux pas que les gens sachent combien mes sœurs sont précieuses à mes yeux. Cela ferait d'elles des cibles, et après ce que m'a fait subir le poison du siren, je suis encore plus déterminée à les protéger.

L'hélicoptère plane devant moi, assez près pour que je puisse voir le message attaché à ses patins.

« TU AURAIS DÛ M'ÉCOUTER »

Je lève les yeux au ciel. Encore une menace en l'air ? Ça commence à devenir lassant.

— Viens, montre-toi ! crié-je. Si tu veux m'empêcher de m'en aller, essaie de le faire en personne.

Le rire de Gryphon me parvient. Il s'amuse beaucoup. Bon, pour être honnête, moi aussi. Je suis assez flattée de ses efforts.

J'attrape l'hélicoptère en plein vol, manquant de me couper à cause des pales dans la manœuvre. Il est à moi, à présent. Mon précieux. Gryphon semble se rendre compte que j'ai attrapé son jouet, parce que ce dernier s'éteint sans prévenir. Il faudra que je lui vole la télécommande plus tard. Je réfléchis déjà à toutes les utilisations que je vais pouvoir faire de l'hélicoptère. Le remplir d'explosif. Le faire transporter un sac de poison que je pourrais ensuite faire pleuvoir sur une cible. Toutes ces possibilités… Une chose est sûre, je vais bien m'amuser.

— C'est bon ? Tu as décidé de rester ? crie Gryphon depuis le bas.

— Hors de question !

— J'imagine que je vais devoir monter, alors !

Je ne peux retenir mon sourire. Que la chasse commence !

CHAPITRE 17

Il me tacle dès qu'il atteint le toit. Je pousse un petit cri et le laisse me plaquer sur le dos, comme si j'étais faible et toute frêle.

Son sourire disparaît un peu, comme s'il s'inquiétait de m'avoir fait mal. Je profite de son incertitude pour inverser nos positions. Je le chevauche, coinçant ses jambes entre les miennes, et remonte ses bras au-dessus de sa tête, le maintenant aux poignets. Il ne se débat pas, jouant sans doute au même jeu que moi.

Maintenant qu'il est là où je le voulais, je m'interroge. Quoi faire ensuite ? En temps normal, je trancherais la gorge de ma cible ou la menacerais pour qu'elle me donne l'information que je cherche. Gryphon n'entre dans aucune de ces catégories.

— Embrasse-moi, grogne-t-il.

Ou bien je pourrais faire ça.

Souriant, j'ajuste ma position pour faire planer mes lèvres au-dessus des siennes. Il n'attend pas que je l'embrasse ; il se redresse malgré ma poigne et écrase sa bouche contre la mienne.

Je lui lâche les poignets et saisis son visage à pleines mains pour prendre le contrôle de la situation. Chaque fois qu'il essaie d'approfondir le baiser, je le repousse. C'est amusant de le taquiner, mais au bout d'un moment, je désire bien plus. Je lâche prise, et il en profite totalement. Il fourre ses doigts dans mes cheveux.

Je gémis en sentant sa langue contre la mienne m'encourager à entrer dans la danse. Ce qui a démarré comme une douce valse se transforme en tango endiablé, plein de passion et d'énergie.

J'oublie tout ce qui m'entoure. Je me fiche d'être sur un toit. Je me fiche qu'il ait réussi à m'empêcher de partir. Et je me fiche complètement des personnes qui pourraient nous voir. Nous ne sommes pas nus, après tout. Pas tout de suite, du moins. Je me frotte contre Gryphon pour essayer d'apaiser la démangeaison que je ressens au fond de moi. L'embrasser est génial, libérateur, magnifique, mais ne me suffit pas. La protubérance que je sens contre moi m'indique qu'il ressent la même chose.

— Nous devrions retourner dans ta chambre, dit-il d'une voix rauque, ne brisant le baiser que le temps de me faire cette suggestion, avant de reprendre ma bouche.

Il semble avoir oublié que j'en ai besoin pour parler.

Bon, on dirait que je n'ai pas d'autre choix. J'agrippe sa chemise noire, celle qu'il ne porte que quand il ne se faufile pas en douce dans la nuit. Le vêtement parfait à déchirer, donc c'est exactement ce que je fais. Le cliquetis des boutons tombant sur les tuiles m'arrache un sourire machiavélique.

Je caresse son torse désormais exposé, explorant chaque plaine dure de ses muscles encore une fois. Je remarque à peine ses cicatrices, désormais. Elles ne sont pas importantes. Nous en avons tous ; les siennes sont juste visibles à la surface, là où nombre d'entre nous gardons les nôtres en dessous.

— J'adore quand tu me touches comme ça, souffle-t-il. Ne t'arrête pas.

— Je n'en ai pas l'intention. Tu es trop délicieux pour que je me retienne.

Il pouffe.

— Délicieux ?

J'opine en lui léchant la clavicule.

— Tout simplement savoureux.

Il secoue la tête, amusé.

— Tu es unique, Kat. Totalement unique.

— Je l'espère. Mes clones mis à part, je veux dire.

— C'est ce qui te rend encore plus unique, réplique-t-il, sans rire cette fois-ci. Vous avez peut-être les mêmes gènes, elles te ressemblent, mais tu es très différente d'elles toutes. Tu es spéciale, Kat. Gentille, intelligente, ambitieuse, créative, folle…

— Je suis d'accord avec tout ça.

— … humble, conclut-il en souriant. En plus de tout, tu es aussi la femme la plus extraordinaire au monde. Si je ne t'avais pas rencontrée, mais que j'avais su que tu existais et étais si parfaite, je serais resté célibataire toute ma vie.

— Pffff, jamais. Tu as bien trop le feu aux fesses pour ça.

Pour prouver mes propos, je glisse la main entre nous et empoigne son entrejambe. Il gémit lorsque je serre son membre à travers le tissu du pantalon.

— Nous ne le saurons jamais. Ça n'a pas d'importance. Je t'ai trouvée et tu es à moi, maintenant.

Je serre une dernière fois, le faisant tressaillir.

— Faux. C'est toi qui es à moi.

Fini de parler. Je ne veux plus le faire. Je le veux lui, ici, sur ce toit. Je le revendique, lui, Gryphon, le siren qui a changé de camp, qui a suivi son cœur. Qui m'a suivie *moi*.

Je me penche pour l'embrasser, déversant tout ça dans le baiser. J'espère qu'il comprend ce que j'essaie de lui dire. Je ne pourrais pas l'exprimer autrement. Les mots attendront.

*　*　*　*　*

En définitive, les toits pleins de tuiles ne sont pas les endroits les plus confortables pour ça. Si je n'étais pas une métamorphe à la guérison rapide, j'aurais des contusions dans tout le dos. Gryphon gémit lorsque nous descendons sur le mur pour rejoindre la fenêtre de ma chambre. Nous nous étirons tous les deux pour faire disparaître nos élancements.

— Ça a marché, déclare-t-il, hilare, en s'arc-boutant. Tu es restée.

— Seulement un temps. Je n'ai pas l'intention de rester ici toute la journée tandis que tout le monde s'amuse. Je parie que tu n'as pas non plus envie de te tourner les pouces, n'est-ce pas ?

— Je pourrais me tourner les pouces à l'intérieur de ta…

— Ne commence pas, le coupé-je en le fusillant du regard. Cette technique de séduction n'a marché qu'une seule fois.

— De séduction ? Je n'en ai pas fait. C'est toi. Mais si tu souhaites une démonstration, peut-être mélangée à un peu de magie siren…

— Non, merci.

Pour être honnête, je regrette de devoir décliner son offre. J'adore quand il utilise sa magie. Cela rend tout plus intense, sans pour autant me déconnecter de la réalité, contrairement à l'herbe à chats. La magie de Gryphon ne fait que l'amplifier.

— Qu'est-ce que je dois faire pour te convaincre de rester avec moi ?

Ce fut demandé sans arrogance ; il a simplement posé la question pour pouvoir dire qu'il a tenté de m'arrêter.

— Trouve-moi une licorne à deux cornes née à minuit un soir de pleine lune. Avec deux queues, une bleue et une verte. Si tu ne peux pas faire ça, je crains que tu ne puisses me retenir dans cette maison, malgré toutes tes avances sexuelles.

— Je pourrais toujours t'attacher.

Je hausse un sourcil.

— Tu aimerais bien, hein ?

— En fait, oui. Une autre fois, peut-être.

— Dans tes rêves.

Il soupire.

— J'aurais dû te donner quelque chose pour que tu dormes plus longtemps. Me disputer avec toi est épuisant.

Je lui indique le lit.

— Si tu es épuisé, fais une sieste, ne te gêne pas pour moi.

Je lui adresse un sourire innocent.

— Je serai au salon.

— Oui, c'est ça.

Il pousse un nouveau soupir.

— J'ai essayé, j'imagine. Et je ne sais vraiment pas où trouver une licorne. Au bal de la Guilde des Joailliers, peut-être ? On dirait que c'est le genre d'endroit où ces créatures de riches pourraient se trouver.

— Peut-être. Je devrais sans doute t'accompagner, pour m'assurer que tu sélectionnes la bonne licorne.

Nous nous tournons l'un vers l'autre et nous fixons quelques secondes avant d'exploser de rire. J'adore l'aisance de mes échanges avec Gryphon. Il n'y a aucun silence gêné, aucune incompréhension. Nous avons le même humour décalé et nos pensées sont étrangement sur la même longueur d'onde. C'est étonnant comme il me correspond parfaitement, alors qu'il n'est ni un chat ni un métamorphe.

J'entreprends de fouiller ma garde-robe à la recherche de la tenue parfaite pour la soirée. Par chance, je n'ai pas à porter cette robe, en fin de compte. Si tant est que Mlle Quim l'ait faite, d'ailleurs. Après ce que son assistant m'a infligé et vu que j'ai été inconsciente plusieurs jours, elle a pu se dire que je n'en avais pas besoin. Ce qui est le cas.

— Quel est le plan ? demande Gryphon. Je présume que tu en as un ?

— Le plan consiste à voler le diamant sans se faire détecter par les gardes et par l'équipe. Puis à sortir sans se faire chopper. Sans mourir non plus. C'est simple, non ?

Un moment de silence suit ma déclaration, puis Gryphon rit comme un fou.

— Tu veux travailler contre les autres ?

— Pourquoi pas ? C'est un bon exercice. Nous deux contre le reste de M.I.A.O.U. C'est le test parfait pour savoir qui est le meilleur.

Il grogne.

— Lily va me tuer. Elle tenait vraiment à ce que tu restes au lit et te reposes.

— Lily est trop sentimentale. Elle s'inquiète beaucoup trop pour les gens auxquels elle tient. C'est pour ça qu'elle a du mal à se faire des amis.

Je me fige. Oups. Je n'aurais pas dû dire ça. Ma langue est allée plus vite que mon cerveau.

Heureusement, Gryphon ne relève pas mon analyse psychologique de ma meilleure amie.

— Tu es sûre que nous pouvons y arriver ? Ne te méprends pas, nous sommes les meilleurs assassins de cette ville, voire du pays, mais les autres ont un avantage certain. Caitlin a préparé le casse depuis des jours. Benjamin a examiné les lieux et connaît tous les moyens d'entrer et de sortir. Lily sera dans la foule, capable de voir si le diamant est bien gardé et comment le voler. Et même si nous avions les mêmes connaissances que les autres, comment passer à travers les chats ? Ryker les fait patrouiller tout autour. On n'a aucune chance d'échapper à leur vigilance.

Il n'a pas tort. Les chats nous dénonceront à Ryker sans hésiter. Ils m'aiment bien, ils me respectent, mais lui, il est de leur famille. Même l'intimidation ne les fera pas m'obéir.

J'attrape ma combinaison en cuir dans le placard – je n'ai pas vraiment d'autre option – tout en me creusant les méninges.

— De l'herbe à chats, marmonné-je pensivement. Et si nous les droguions ?

— Tu viens de suggérer de droguer des chats ?

— Puisque personne ne m'autorise à prendre mon herbe à chats, je suis gentille, je la partage avec le reste de la population féline d'Attenburgh, répliqué-je avec un sourire innocent. Je crois qu'on appelle ça de la philanthropie. De la *félin*thropie.

— Tu te crois si maligne, se moque-t-il avec un tendre sourire.

— Je le suis. Est-ce que tu sais où Lily a planqué la came ?

— Il se trouve que oui. Mais je ne suis pas certain de devoir te le dire. Kat, ton plan est pourri. Nous aurions peut-être une chance face aux autres, mais pas contre les chats.

— Tu admets donc que les chats sont supérieurs à toute autre vie sur terre ?

— Non, réplique-t-il aussitôt. Seulement dans ce cas-là. Ils sont plus nombreux. Tu ne peux pas les influencer différemment ? Les hypnotiser, peut-être ?

— Ça, c'est ton domaine d'expertise. Tu devrais sans doute les endormir tous en chantant.

— S'ils sont inconscients, nous ne pourrons pas non plus compter sur leur aide. Non, il faut qu'ils soient de notre côté.

Je soupire.

— Je ne sais pas comment faire ça. Je ne suis pas très douée pour dire aux autres quoi faire. Enfin, je suis douée pour le leur dire, mais ils ne sont pas très doués pour obéir.

— Tu te fiches de moi, n'est-ce pas ?

Je fronce les sourcils.

— Non, pas du tout.

— Kat, tu te trompes. Tu inspires les gens tout le temps. C'est grâce à qui que M.I.A.O.U. tient le coup, d'après toi ? Tu as pris un groupe de solitaires et de marginaux et tu en as fait une équipe. Nous ne faisons peut-être pas toujours ce que tu dis, mais nous te suivrons jusqu'au creux des enfers si nécessaire. Et si c'est une question de vie ou de mort, bien sûr que nous t'obéirons.

Il sourit.

— À moins que tu ne te trompes. Là, nous te le dirons.

Je ne sais pas quoi faire de sa déclaration, alors je garde le silence. Ça n'a pas d'importance de toute façon. Je dois trouver le moyen de gérer les chats ; je n'ai pas le temps de savourer les compliments de Gryphon.

— Et si nous en faisions une compétition pour les chats aussi ? suggéré-je finalement. Ils sont encore plus compétitifs que les humains. Ils adoreront avoir la chance de faire leurs preuves. Constituons deux équipes. La moitié d'entre eux pourrait travailler pour Ryker, l'autre pour moi. Un prix sera offert à l'équipe féline gagnante, même si ce n'est pas la mienne. Et en échange, ils ne devront pas dire à Ryker que toi et moi tentons ce casse de notre côté.

— Ça pourrait marcher. J'imagine que le prix serait de l'herbe à chats ?

Je lui fais un grand sourire.

— Évidemment.

CHAPITRE 18

Je retourne au lit, prétendant être malade et fatiguée, jusqu'à ce que tout le monde, sauf Beth et Gryphon, ait quitté la maison. Lennox et Ryker sont adorables, ils me demandent tous les deux si ça me va qu'ils s'en aillent en me laissant toute seule. Je les rassure, leur disant que je vais dormir une bonne partie de la journée et que Gryphon sera présent si j'ai besoin de quoi que ce soit. Je me sens un peu mal de les duper, mais ils ont été très clairs sur leur intention de ne pas me laisser venir. Lennox m'a menacée de m'attacher au lit dès que j'y ai fait allusion.

Beth s'est retranchée dans l'annexe, les bras pleins d'en-cas. Elle va être contente de ne pas avoir à les partager avec le reste de l'équipe. Cela ne me gêne pas qu'elle pioche dans nos réserves. Au moins, elle sera occupée et distraite.

Une fois tout le monde parti, je saute du lit, enfile ma combinaison et attache ma ceinture d'armes autour de ma taille. La combinaison possède des fourreaux intégrés pour mes couteaux au niveau des chevilles et des bras. J'y mets des lames partout. On n'est jamais trop prudents. Si le siren refait surface, je dois pouvoir me défendre.

J'ouvre ma boîte d'aiguilles empoisonnées, contente que Bethany ait eu le temps de refaire les stocks. Si je préfère généralement les pointes mortelles, aujourd'hui, j'opte surtout pour des somnifères. Ce n'est pas un assassinat, c'est un cambriolage. Je ne veux pas tuer les gardes, juste les empêcher de m'attraper. Ils ont bien mérité une petite sieste après toute cette surveillance, n'est-ce pas ?

Je rejoins Gryphon au salon. Il s'est équipé lui aussi, transportant autant d'armes que moi. Il indique une protubérance sur sa poitrine.

— Bombe fumigène. Pour le cas où nous aurions besoin d'une distraction.

— C'est toi qui l'as faite ?

— Benjamin. Il en a préparé plusieurs pour Caitlin, mais j'ai réussi à lui en piquer quelques-unes.

Je ris.

— Tu as dérobé quelque chose à un voleur ? Bien joué.

— Il était trop occupé à cajoler son faon. Il ne voulait même pas prendre part au casse avant que Bethany ne promette de garder un œil sur la biche. Il est totalement obsédé par elle.

— Il est comme ça. Il adore les animaux.

— En parlant de ça. Il y a des chats dans le coin ?

J'étends mes sens et découvre que l'un d'eux dort dans l'une des chambres vides. Je crois reconnaître son odeur ; cela dit, il y en a tellement qui entrent et sortent de la maison que cela devient difficile de les différencier. Il y a également huit chatons dans la chambre de Benjamin, mais pour ce que nous avons prévu, il nous faut un adulte.

Je pousse un sifflement aigu et le chat miaule en réponse.

— Un chat, qui ne devrait pas tarder. Tu es prêt à partir ?

Gryphon opine.

— Allons-y. Même si les autres gagnent, c'est génial de pouvoir passer du temps avec toi. Juste tous les deux.

Je souris.

— Je suis d'accord. Nous devrions faire ça plus souvent. Sans les empoisonnements et mes quasi-morts.

— Ça veut dire que tu es partante pour davantage de sexe sur le toit ?

Je gémis et m'étire en souvenir des tuiles inconfortables.

— Peut-être pas, à moins que tu n'apportes un matelas.

Un miaulement l'empêche de répondre. James entre dans la pièce, la queue toute droite, comme d'habitude. Parfois, je me demande si c'est parce qu'il ne peut pas du tout la plier, ou bien si c'est parce qu'il trouve plus joli ou intimidant de dresser la queue ainsi. C'est un petit chat du Bengale féroce, doté de taches brunes sur le dos et de rayures délicates sur le cou. Il est l'un des chats qui ont souhaité nous accompagner quand nous avons déménagé à Attenburgh.

— Salut, James.

Il se frotte contre ma jambe et je lui caresse la tête en réponse. Il ronronne et sa queue vibre, ce qui me fait rire. C'est lui qui m'a conduite à la tanière de la Meute le jour où Gryphon et moi avons tué les dirigeants. Je pense qu'il sera de mon côté. Je l'espère, en tout cas.

— Ils t'ont laissé derrière eux ?

Il m'envoie l'image mentale de lui assis sur ma poitrine pour m'empêcher de me lever.

Je ricane.

— Tu es mon chat de garde ?

Il ronronne pour confirmer.

— Ça te dirait de gagner un peu d'herbe à chats ?

Ses oreilles s'agitent en réponse. J'ai toute son attention.

Je lui explique le plan en m'assurant régulièrement qu'il comprenne. Les chats sont intelligents, mais certaines choses se perdent parfois au cours de la traduction. Lorsque j'ai terminé, il m'envoie une image de lui-même se roulant avec une pelote de laine, les yeux rendus vitreux par l'herbe à chats.

Je me tourne en souriant vers Gryphon.

— Il est de notre côté.

— Formidable. Nous devrions y aller, sinon les autres vont voler le diamant avant même que nous n'arrivions.

— James, pars devant et informe les autres chats. Dis à ceux de notre équipe de nous attendre près du bâtiment, afin que nous sachions lesquels sont de notre côté. Et assure-toi bien qu'ils ne soufflent pas un mot de tout ça à Ryker. C'est un secret. S'il y en a un qui crache le morceau, je ne lui offrirai plus jamais la moindre miette d'herbe à chats.

Le chat incline la tête, agite une dernière fois sa queue droite, puis part en courant.

Je jette un coup d'œil à Gryphon.

— Prêt pour un vol de diamant ?

Il m'adresse un sourire gigantesque.

— Après vous, très chère.

Le bal a lieu dans le Jardin Botanique, dans un groupe de pavillons reliés entre eux. C'est la première fois que je me rends là. Je ne vois pas vraiment l'intérêt d'avoir un jardin en plein milieu de la ville et dont il faut payer l'entrée, alors qu'il suffit de sortir de la ville pour se balader en forêt et à travers champs. Les humains sont bizarres.

Des lanternes en papier de couleur ornent les arbres du parc et des bougies éclairent le chemin jusqu'au bal. Quelques retardataires s'empressent de rejoindre les pavillons, mais Gryphon et moi restons dans l'ombre, à l'écart du chemin officiel. L'odeur d'une dizaine de chats me rappelle que nous sommes observés. J'espère qu'ils ont accepté le plan. Nous le saurons dès que nous aurons retrouvé James. J'inspire profondément pour repérer son odeur.

— Il n'est pas loin, soufflé-je.

Nous progressons dans l'obscurité, moi devant, Gryphon

derrière. Il m'a dit un jour que ses sens sont meilleurs que ceux d'un humain ordinaire, mais sa vision nocturne n'est pas terrible. J'essaie d'opter pour un chemin sans racines ou autres pièges. S'il se tord la cheville, ce cambriolage sera fini avant même d'avoir commencé.

James nous attend entre deux vieux chênes à deux cents mètres des pavillons. Une cacophonie de musique et de voix nous parvient, et je me force à filtrer le bruit pour pouvoir me concentrer sur mon environnement immédiat.

Le chat du Bengale a rassemblé treize chats. Mon nombre préféré. Même si je suis tentée de le féliciter d'une caresse sur la tête, je ne veux pas saper son autorité. Les câlins pourront attendre que nous ayons attrapé le diamant.

— Bien joué, soufflé-je. Vous connaissez tous les consignes ? Vous n'avez pas le droit de parler à Ryker, Caitlin ou d'utiliser n'importe quel moyen de communication pour les informer que nous sommes là avec Gryphon.

Les quatorze chats m'envoient leur confirmation mentale. Certains sont plus motivés que d'autres, mais je crois qu'aucun ne nous trahira. Les chats sont peut-être férocement indépendants et entêtés, mais ils adhèrent à une sorte de code d'honneur. Comme pisser uniquement sur les vêtements tout juste lavés ou s'allonger pile à l'endroit où un humain voudrait s'asseoir.

— J'aimerais que vous fassiez une ronde, dis-je en veillant à les regarder chacun leur tour afin d'établir un lien. Gryphon et moi devrons peut-être partir très vite : dans ce cas, il nous faudra une voie d'évacuation où les humains ne nous verront pas. Je veux aussi que vous nous protégiez. Si vous voyez une menace, quelqu'un qui nous repère ou, pire, le reste de l'équipe M.I.A.O.U. remarquant notre présence, vous devez me prévenir tout de suite. Compris ?

Ils penchent tous la tête. Ryker leur a appris que c'est ainsi que les humains acquiescent.

— Bien. Est-ce que l'un de vous a pu s'approcher assez du bâtiment pour voir le diamant ?

Une vague de confusion m'atteint. Aïe. Quatorze chats perplexes, ce n'est pas agréable sur le plan télépathique.

— Un diamant, c'est une pierre qui brille, expliqué-je. C'est comme si quelqu'un avait décroché une étoile dans le ciel et l'avait mise dans un caillou.

— Très poétique, murmure Gryphon. Ça va être quoi, ensuite ? *Poésie pour chats*, par la célèbre Katriona Feln ?

Je lui donne un coup de coude, visant ses côtes, mais n'atteignant que son ventre plat. Il est rapide, malgré l'obscurité.

— Tout le monde a compris ? demandé-je.

Cette fois-ci, ils m'envoient tous leur impatience. Je souris. Ces chats sont tout aussi pressés que moi de goûter l'herbe à chats.

— James, viens avec nous. On aura peut-être besoin de l'un de vous pour faire diversion, marmonné-je.

Le chat du Bengale se frotte contre ma jambe. Qu'il est mignon. Mais ce n'est pas le moment de me dire que ce serait sympa de l'avoir sur mes genoux pour lui caresser la tête et le gratter derrière les oreilles. Non, il est l'heure d'aller dérober un gros caillou étoilé.

CHAPITRE 19

La sécurité est renforcée autour des papillons, alors qu'ils n'ont pas contrôlé l'entrée du parc. J'imagine qu'ils n'avaient pas le droit de le faire, puisque c'est un lieu public, mais autour de la salle de bal, un garde est posté tous les deux ou trois mètres. Ils portent tous un uniforme peu flatteur qui leur donne l'air gros et mous. C'est sans doute volontaire, afin de tromper tout assaillant, à moins qu'il ne s'agisse du pire groupe d'agents de sécurité de toute l'histoire. Ils transportent un éventail d'armes allant des couteaux aux sabres et arbalètes. Aucun d'eux ne les agrippe cependant, ce qui indique qu'ils ne s'attendent pas encore à affronter une menace. Ils pensent sans doute n'être là que pour la forme.

— James, nous devons découvrir dans quel pavillon est gardé le diamant, murmuré-je en observant les gardes. Et est-ce que tu sais où se trouvent les autres ?

Il m'envoie l'image mentale de Lily au bras d'un homme distingué d'un certain âge. Elle porte une robe de bal rose que je n'avais jamais vue avant. Elle va à la perfection à son corps, mais certainement pas à sa personnalité. Vient ensuite une vision de Ryker, accroupi sur un toit. Je n'arrive pas à déterminer sur quel pavillon il se trouve. Il y en a quatre, reliés par des chemins protégés dont les colonnes de bois sont recouvertes de lierre. Des rosiers imposants masquent le milieu des bâtiments, mais vu les clapotis, il doit y avoir de l'eau non loin. J'imagine un étang rempli de carpes koïs trop grosses et d'un ou deux canards qui s'ennuient. Ça irait bien à ce jardin.

— Et les autres ? demandé-je à James.

Il secoue la tête. C'est tout ce qu'il sait.

— Très bien. Je suis sûre que tes chats pourront nous en dire plus bientôt. En attendant, on va se la jouer à l'ancienne, j'imagine.

— J'adore me la jouer à l'ancienne, plaisante Gryphon. Puis-je vous porter assistance, milady ? Pourrais-je vous tenir la porte ? Auriez-vous besoin d'aide pour dégrafer votre robe ?

— Je vais te porter assistance pour mourir, si tu ne te tais pas tout de suite, sifflé-je. On se sépare ou on reste ensemble ?

— En temps normal, je te proposerais de nous séparer, mais ça doublerait les chances de nous faire repérer par les autres. Ils m'inquiètent bien plus que ces gardes.

— Moi aussi. Commençons par le pavillon à notre droite. Il sent bon.

C'est sans doute là que se trouve le buffet. Une myriade d'odeurs alléchantes dérivent dans le vent. Poulet grillé, chèvre caramélisé, bacon croustillant, délicieux pudding au chocolat.

— Nous aurions dû dîner, me souffle Gryphon alors que nous nous dirigeons vers le pavillon de la nourriture. Mon estomac est en train de gargouiller.

— Pourquoi est-ce qu'on commence par là, d'après toi ? Ça m'étonnerait que le diamant se cache dans le poulet.

Il rit.

— Quelle goinfre. Et quelle mauvaise voleuse. Nous ne devrions pas nous laisser distraire par la nourriture.

— Non, nous ne devrions vraiment pas, approuvé-je. Mais puisque nous sommes là… Je parie qu'ils ont préparé du rab. Ils se retrouveraient à jeter de la nourriture parfaitement comestible, ce qui serait très mauvais d'un point de vue éthique. Leur voler une ou deux assiettes leur rendra service.

— Je suis tout à fait d'accord avec ta logique. Le toit ? On distrait les gardes ?

Je me tourne vers lui en souriant.

— Je trouve que ça fait longtemps que tu n'as pas utilisé tes dons de siren. Il ne faudrait pas qu'ils rouillent, n'est-ce pas ?

Il lève les yeux au ciel.

— C'est seulement parce que j'ai faim aussi.

Nous nous rapprochons autant que possible tout en restant à couvert. Je remercie la personne qui a planté ces arbustes aux feuilles épaisses et sans épines. Ils sont parfaits pour se cacher.

Une fois que nous sommes en position, Gryphon se met à siffler doucement. Rien à voir avec le son que j'utilise pour appeler un chat. Non, c'est de la musique enveloppée dans une seule note, qui éveille des émotions et des pensées alors que cela devrait être impossible. Je me concentre sur mes défenses mentales et les renforce. Je ne suis pas aussi sensible que les humains à la magie de Gryphon, mais elle peut tout de même être distrayante.

Deux gardes quittent leur poste et s'avancent vers nous, le regard vide, le visage inexpressif. Gryphon les tient sous son charme.

Lorsqu'ils nous rejoignent, il s'empresse de toucher chacun d'eux. Cela renforcera son pouvoir sur eux, d'après ce qu'il m'a expliqué un jour.

Son sifflement chantant change, devient plus sourd, et pourtant, il me remplit d'un sentiment d'urgence. Les gardes ont dû le percevoir aussi, mais de manière amplifiée. Ils se dépêchent de retourner au pavillon.

— Je leur ai dit de nous prendre un peu de tout, explique Gryphon en interrompant sa musique magique.

— Génial. Ce casse se transforme en pique-nique ?

Il hausse les épaules.

— Les meilleures aventures sont toujours accompagnées d'un repas épique.

— Ah bon ?

— À partir de maintenant, en tout cas. Laissons les chats faire le boulot fatigant un peu, pendant que nous nous détendons. Souviens-toi, tu dois recouvrer tes forces.

Bien que j'aie envie de protester, je suis d'accord avec lui.

— La nourriture sera un bon moyen de le faire, plaisanté-je, plutôt que d'avouer qu'il a raison.

Je ne suis pas revenue à mon état normal. Je suis en train de guérir – je peux presque sentir mes cellules cassées se recoudre –, mais il me faudra un certain temps avant de retrouver ma forme précédente. J'ignore quel était ce poison ; tout ce que je sais, c'est que je ne veux plus jamais entrer en contact avec.

Nous nous asseyons dans l'herbe en attendant les gardes. James s'allonge non loin de nous. J'aurais aimé pouvoir m'imaginer seule avec Gryphon ici, mais il y a trop de bruits et d'odeurs pour me distraire. Mon esprit dérive et surprend certaines conversations dans les pavillons.

— *... Avez-vous goûté le vin ? Il a été vieilli en fût de chêne noir...*

— *... mon arthrite me fait beaucoup souffrir aujourd'hui...*

— *... me demande comment va Kat.*

Je me raidis et me concentre sur ces voix. S'il est dur de se focaliser sur une conversation en particulier, c'est un peu plus facile quand je reconnais qui parle. Lady Lara, maire d'Attenburgh.

— *Elle se remet bien*, répond Lennox. *Elle aurait adoré vous accompagner ce soir, mais elle n'était pas assez en forme pour ça.*

Je grogne. Il me fait passer pour une invalide.

— Qu'est-ce qu'il y a ? demande Gryphon, que je fais taire en agitant la main.

— *Vous pourrez lui dire qu'elle pourra porter à une autre occasion la robe magnifique que Mlle Quim lui a faite*, poursuit Lara d'une voix pleine de sarcasme.

Elle sait pertinemment que je vais détester ça.

— *Je parie qu'elle en sera ravie*, répond Lennox, amusé.

J'ai envie de leur jeter quelque chose dessus. Se moquer de moi comme ça, ce n'est pas gentil, mais je m'y attendais. J'aurais fait la même chose à leur place.

— *Avez-vous vu le diamant, déjà ?* demande innocemment Lennox. *Il paraît qu'il est spectaculaire.*

— *Qui vous a parlé de ça ?*

Je peux presque voir lady Lara hausser ses sourcils parfaitement épilés.

— *Je ne peux révéler mes sources. Mais nous avons dû enquêter pour pouvoir vous protéger le mieux possible. Cela inclut les voleurs potentiels qui pourraient s'en prendre à l'objet le plus précieux de cet événement.*

— *Baissez la voix*, souffle Lara. *C'est censé être une surprise. Le diamant sera révélé à la fin de la soirée comme symbole de ce que la Guilde peut accomplir quand tout le monde travaille de concert. D'après ce que je sais, ils prévoient de le diviser entre chaque membre de la Guilde.*

J'inspire vivement, surprise. Gryphon me lance un regard interrogateur, mais je ne peux pas m'expliquer pour l'instant, je dois me concentrer sur la conversation.

Lennox semble tout aussi perplexe que le siren.

— *Quoi ? Ils comptent détruire le diamant ?*

— *Oui. C'est bien trop cher de le conserver sous clé quelque part. Il y aura toujours quelqu'un pour tenter de le dérober, quelle que soit la sécurité autour. En le divisant en morceaux plus petits, tout le monde pourra profiter de sa richesse. Cela dit, tout le monde n'était pas d'accord avec ce plan, donc je ne suis pas sûre que cette division ait été décidée officiellement.*

Le sifflement de Gryphon brise ma concentration. Les deux

gardes sont revenus, portant chacun un plateau rempli de nourriture. Ils ont fait du bon travail. Je me mets à saliver en avisant les pilons au piment. J'en récupère un avant même que le garde n'ait posé le plateau sur la pelouse.

— Vous pouvez retourner à votre poste à présent, leur dit Gryphon d'une voix douce et mélodieuse. Vous ne vous souviendrez de rien. Si vous nous voyez tout à l'heure, ignorez-nous.

Les gardes penchent la tête et se détournent sans un regard en arrière. Je sais que Gryphon a fait ce petit spectacle pour moi. Il aurait pu donner ces ordres rien qu'avec sa magie, mais il veut sans doute un peu de reconnaissance.

— Beau travail, dis-je en souriant. Mangeons, maintenant.

Je reprends deux pilons, un dans chaque main, et arrache la chair juteuse de l'os. Délicieux.

— Qu'est-ce que tu as découvert ? Tu as écouté un petit moment.

Gryphon prend tout son temps pour faire son choix. Quand il commence enfin, j'ai déjà fini mon poulet.

— Lara et Lennox, expliqué-je entre deux bouchées.

— Lara ? Tu l'appelles Lara, maintenant ?

Je hausse les épaules.

— Elle me l'a proposé. Je pense qu'elle aime tout autant que moi les formalités.

Bien qu'il ait l'air sceptique, il ne s'attarde pas sur le sujet. Il met du raisin dans sa bouche.

Je ne peux m'empêcher de me moquer.

— Quoi ?

— Nous avons tout un assortiment de plats délicieux et toi tu prends du raisin ? Tu pourrais en manger n'importe quel jour de la semaine.

— J'adore le raisin, se défend-il. En plus, je sais qu'il ne vaut mieux pas t'enlever la nourriture de la bouche.

— Je ne suis pas si méchante.

— Si. Et insatiable.

Il me fait un grand sourire.

— Dans tous les sens du terme.

— Arrête tes insinuations et mange, ordonné-je. On a du temps. Ils ne dévoileront le diamant qu'à la fin du bal.

Je lui résume ce dont Lennox et Lara parlaient. Il est tout aussi choqué que moi du plan consistant à détruire le diamant. Enfin, j'imagine qu'ils ne vont pas le détruire comme ça, mais ça reste une chose étrange à faire.

— C'est peut-être pour ça que quelqu'un veut le faire voler, dis-je à la fin. Ce n'est sans doute pas du tout une question d'argent, mais pour éviter qu'il ne soit réduit en morceaux.

— Ce qui signifierait que la personne ayant commandité le casse est membre de la Guilde des Joailliers.

— Exactement. Ou quelqu'un les connaissant bien, un membre de leur famille ou un employé.

— Ça m'étonnerait. Il faudrait que cet employé soit très riche pour se permettre de nous acheter le diamant ensuite. Nous devrions peut-être découvrir qui est le membre de la guilde le plus fortuné.

J'opine.

— Dès que nous aurons le diamant, nous pourrons faire des recherches. Mais nous devons le dérober d'abord, et de préférence avant les autres.

Je cherche James du regard. Il n'est plus allongé au même endroit qu'avant. Il a dû partir pendant que j'espionnais les conversations. J'étends mes sens et retrouve rapidement son odeur. Il n'est pas très loin, en compagnie d'autres chats. Ils doivent lui rapporter leurs découvertes. Une nouvelle fois, je me félicite mentalement d'avoir recruté des chats pour mon entreprise. Ce sont les espions les plus efficaces qui soient. Aucun humain ne peut atteindre un tel niveau de subterfuge et d'astuce.

Je mange encore un peu en attendant le retour de James.

Ces graines de grenade enrobées de chocolat sont particulièrement délicieuses. Je pourrais les avaler toutes, mais j'en laisse par politesse quelques-unes à Gryphon. Il s'en tient au raisin pour une raison étrange, tandis que j'ai décimé tous les plats à base de viande. Je ne mange pas souvent aussi bien. Faire apprendre la cuisine à Caitlin remonte plus haut dans ma liste de priorités. Ces pilons étaient à tomber, alors je parie qu'elle sera très douée pour les faire.

Au loin, la musique s'arrête et les bourdonnements de voix diminuent.

— Qu'est-ce qu'ils font ? me demande Gryphon.

Je me concentre sur les sons provenant des pavillons.

— Des discours. Pauvre Lennox, il va devoir tous les écouter.

Je suis assez contente de ne pas être avec lady Lara en cet instant.

James miaule pour attirer mon attention. Les autres chats sont partis et il nous a rejoints, sa queue raide comme un bâton. Il me lance un regard d'envie.

Je réalise alors que je tiens une saucisse grillée à la main. Soupirant, je la lui tends. J'imagine qu'il a bien mérité une petite récompense en plus de l'herbe à chats promise.

Il avale la saucisse en une bouchée, puis en cherche d'autres autour de lui.

— Désolée, c'était la dernière, dis-je en pouffant. J'ai mangé toutes les autres.

Il me fusille du regard comme si j'avais commis un crime.

— Hé, tu auras de l'herbe à chats plus tard, alors ne te plains pas. Que t'ont dit les autres chats ?

Un flot d'images apparaît dans mon esprit, trop vite pour que je puisse les voir toutes.

— Ralentis, le grondé-je. Tu sais comment ça fonctionne.

Le regard qu'il m'adresse est l'équivalent d'un humain levant les yeux au ciel, puis il recommence, moins vite, jusqu'à ce que j'aie plus ou moins compris ce qu'il cherchait à me dire.

Quand il a terminé, je le grattouille derrière les oreilles.

— Bon travail. Gryphon, il est temps d'aller voler un diamant.

CHAPITRE 20

Ce n'est qu'une question de temps avant que les autres ne nous repèrent. James m'a indiqué plusieurs cas de chats que nous devons convaincre de ne rien raconter à Ryker. Pour l'instant, ils sont contrôlés par leur désir d'herbe à chats. Comme je doute toutefois qu'ils iraient à l'encontre d'un ordre direct de Ryker, nous devons veiller à rester discrets. Lennox et Lily seront les plus faciles à éviter, puisqu'ils sont au sein de la foule. Caitlin se trouve près du bâtiment le plus éloigné de nous et semble vouloir y rester un moment. Un seul chat cependant a repéré Benjamin, et c'était il y a quelques minutes. Il a déjà dû se déplacer.

Benjamin est un excellent voleur, parce qu'il peut se cacher à la vue de tous. Il a l'air ordinaire, quelconque et ennuyeux. Personne ne le regarderait par deux fois, à moins qu'il n'attire l'attention sur lui. Ce qu'il évite de faire. La nuit, il devient une ombre rapide et particulièrement difficile à attraper. Je me demande parfois s'il est vraiment cent pour cent humain.

— Benjamin est entré dans l'un des pavillons par une porte de service, qui semble réservée aux livraisons, dis-je à Gryphon d'après une image que James m'a montrée. Le problème, c'est que ces bâtiments se ressemblent tous, alors je ne sais pas dans lequel il se trouve.

— Peu importe, nous devrions profiter de la distraction que nous offrent ces discours. Est-ce que les chats t'ont montré le pavillon le moins bien gardé ?

— Oui. C'est là que nous allons.

Nous nous éloignons du pavillon du buffet, en restant derrière les arbustes pour ne pas nous faire repérer. Le chemin reliant celui-ci au bâtiment sur sa droite est décoré d'arches couvertes de roses. Joli, mais inutile.

Seuls quelques invités s'attardent par ici. Sans doute des rebelles qui ne veulent pas écouter les discours. Je ressens tout de suite quelques affinités avec eux, jusqu'à ce que je repère leur accent snob et leurs vêtements assortis. Nous ne sommes peut-être pas si semblables, après tout. Deux d'entre eux, un homme et une femme, sortent du bâtiment et s'arrêtent au milieu des roses.

— Je t'aime tellement, dit la femme d'une voix forte.

— Je vais te faire l'amour ici et maintenant, répond l'homme avec tout autant d'emphase.

Je me crispe. Je n'ai pas envie de voir ça.

— Attends, souffle Gryphon alors que je me détourne. Je pense que ça ne va pas s'arrêter là.

— Tu veux les regarder coucher ensemble ?

— Non, je veux voir ce qu'ils vont faire alors qu'ils prétendent avoir des relations sexuelles. Ils ont annoncé leurs intentions très fort pour être sûrs que toutes les personnes gênées ne regardent pas.

Eh bien, ça a très bien marché avec moi. Nous attendons dans l'ombre et regardons le couple. Ils sont près l'un de l'autre, mais ils ne s'embrassent pas, ne font rien de plus. Gryphon avait raison. Ce n'est qu'une mise en scène.

— Je sais où c'est, murmure la femme si bas que Gryphon ne doit pas pouvoir l'entendre.

Même moi je dois étendre mes sens félins pour percevoir ses mots.

— Dis-moi, marmonne l'homme d'une voix froide, presque menaçante.

— Est-ce… Est-ce que vous avez mon argent ?

Elle semble avoir peur de lui. Cela devient de plus en plus intéressant.

— Tu le recevras quand tu auras rempli ta part du marché, aboie l'homme. Alors, où est le diamant ?

Je retiens mon souffle.

— Ils en ont aussi après le diamant, murmuré-je à Gryphon. Je me demande s'ils suivent les mêmes consignes que nous ou s'ils n'ont rien à voir avec ça.

— Dans l'étang, répond la femme avec hésitation. Il y a une tribune dans l'étang qui se soulèvera pour dévoiler le diamant à la foule. Comme ça, ça le protège de ceux qui voudraient s'approcher trop près.

— Dans l'étang, répète l'homme. C'est malin. Tu as pu le récupérer ?

— Monsieur, vous m'avez seulement demandé de découvrir où il se trouve, balbutie-t-elle.

— Et maintenant, je te demande d'aller me chercher ce diamant. Tu ne veux pas me décevoir, n'est-ce pas ?

— N… non. Mais je ne sais pas nager.

Sans prévenir, il l'agrippe par les épaules et la plaque à l'une des arches. Elle crie lorsque des épines s'enfoncent dans sa peau.

— Tu as intérêt à obéir, siffle-t-il. Tu sais ce qui arrive aux gens qui ne respectent pas mes consignes.

— Oui, monsieur, geint la femme. Je vais vous le chercher.

— Bien. Va faire ton travail, je vais aller assister aux discours. J'ai une réputation à tenir.

Elle s'éloigne rapidement en se frottant les bras à l'endroit où il l'a saisie. J'ai un peu de compassion pour elle. Elle s'est retrouvée impliquée dans une affaire plus importante qu'elle ne l'avait sans doute anticipé.

— Le diamant est dans l'étang, dis-je à Gryphon tandis que nous regardons l'homme s'éloigner. On dirait que l'un de nous va devoir se mouiller.

Il rit.

— Et je présume que tu ne parles pas de toi.

— Je suis un chat. Nous ne nous entendons pas bien avec l'eau. Tu es un siren. Tu adores l'eau. Tu vois, décision facile.

— Les sirens ne vivent plus dans l'eau depuis une centaine de générations, à peu près. Tu le sais. Je te le répète chaque fois que tu me fais faire quelque chose en rapport avec de l'eau.

Je hausse les épaules.

— Je suis persuadée que votre amour pour l'océan reste gravé dans vos gènes quand même. Viens, allons à l'étang avant que la femme ne se noie.

La chance est de notre côté. Les gardes positionnés de ce côté du pavillon se montrent discrets ; ils n'ont sans doute pas encore réalisé que le couple a fini de s'adonner à une partie de jambes en l'air endiablée. Je dois bien admettre que détourner l'attention des autres en l'attirant d'abord sur eux était malin. Je vais garder ça à l'esprit pour plus tard, maintenant que j'ai trois hommes superbes à ma disposition.

Puisque des haies épaisses nous empêchent de nous diriger directement dans la zone entre les quatre pavillons où je présume que se trouve l'étang, nous optons pour le toit. Nous pourrions tenter de nous faufiler à l'intérieur du bâtiment, mais la voie du haut est bien plus sûre.

James part en courant dès que nous commençons à escalader les murs. Je suis sûre qu'il trouvera le moyen d'arriver à destination avant nous. Le besoin de me transformer coule dans mes veines, mais je le repousse. Ce n'est pas le bon moment. Je ne fais pas la taille d'un chat domestique ; je me ferais davantage remarquer sous forme de panthère que dans ma tenue actuelle d'assassin. Plus tard, quand tout sera terminé, je me métamorphoserai et irai courir, décidé-je.

Gryphon arrive sur le toit juste avant moi.

— Ça va ? me demande-t-il alors que j'enjambe le bord. Tu es plus lente que d'habitude.

— D'habitude, je ne me suis pas fait empoisonner et presque tuer.

— Exact. Tu veux faire une pause ?

— Dans tes rêves. Dépêchons-nous, sinon on trouvera aussi un cadavre dans l'eau, et pas juste un diamant.

Nous progressons discrètement sur le toit plat, en faisant très peu de bruit. J'aimerais que tous les toits soient aussi faciles à traverser que celui-ci. Une fois arrivés de l'autre côté, nous pouvons enfin voir ce qui est caché au milieu des pavillons. L'étang est plutôt un petit lac. Des nénuphars poussent près des berges. Je renifle. Ça sent le poisson. S'il y a des carpes koïs dans l'eau, je m'offrirai une dose supplémentaire d'herbe à chats rien que pour célébrer mes pouvoirs de prophète.

Une scène a été installée sur la rive opposée du lac par rapport à nous. Quelques serviteurs et gardes sont dispersés dans le grand espace ouvert, mais les invités sont toujours occupés à écouter des discours ennuyeux. Une nouvelle fois, j'ai un peu pitié de Lennox et Lara.

— Je compte sept gardes, murmure Gryphon. Tu as vu la femme ?

— Non, et je ne la sens pas non plus. Je me demande si elle a préféré prendre la fuite plutôt que de se noyer.

— Je ne le lui reprocherais pas. Tu veux que nous fassions diversion ? Ou bien on essaie simplement de se faufiler sous le nez des gardes ?

Une nouvelle odeur me parvient avant que je ne puisse répondre. Benjamin. Il n'est pas loin. Je me tourne en direction de son odeur, mais je ne le vois pas. J'espère qu'il ne nous a pas repérés. Heureusement que c'est moi qui possède un super odorat.

— Benjamin est dans le coin, avertis-je Gryphon. Tiens-toi prêt.

Il opine.

— Un signe de Ryker ?

— Non, et les autres sont toujours parmi les invités. Tant que nous parvenons à éviter Benjamin, ça devrait aller.

C'est étrange que nous n'ayons pas encore croisé Ryker. Ses chats doivent respecter notre marché. Il sera sans doute un peu en colère contre eux plus tard. Et contre moi. Mais ça me va, je peux vivre avec ça, tant que j'ai un gros diamant dans la poche.

Nous descendons le mur et nous laissons tomber souplement sur l'herbe tendre. C'est agréable de ne pas atterrir sur de la pierre, pour une fois. Comme il y a des haies de ce côté du bâtiment, nous nous précipitons vers la plus proche pour nous cacher entre elle et le mur. Je prends une nouvelle grande inspiration pour chercher les odeurs familières. Toujours aucun signe de la femme ou du reste de l'équipe. C'est trop facile. J'imagine que le défi sera de récupérer le diamant dans l'étang. Heureusement que ça ne gêne pas Gryphon de se mouiller. Ou du moins que ça ne le gêne pas autant que moi.

Un chat s'approche sur notre droite. Ce n'est pas James, mais je la reconnais. Elle est de notre côté. Elle m'envoie l'image de Ryker mangeant une grosse tranche de jambon fumé. Ah, voilà donc ce qu'il faisait. Je souris. J'aurais dû le savoir. Nous nous ressemblons beaucoup, à cet égard.

— Tiens-le occupé, soufflé-je. Plus tu arriveras à le tenir longtemps loin d'ici, plus tu recevras d'herbe à chats plus tard.

La chatte ronronne et s'en va avant que je ne puisse en dire plus. Je soupire et siffle. Trois autres chats arrivent en courant, tous membres de la troupe de James.

— J'ai besoin de vous pour distraire les gardes, leur dis-je. Essayez d'abord de vous montrer mignons. S'ils ne réagissent pas, harcelez-les, attaquez-les, faites ce que vous voulez, tant qu'ils sont trop occupés pour voir ce qu'il se passe à l'étang.

Une vague d'allégresse me parvient. Les chats sont impatients de manipuler les humains. Je ne devrais pas être étonnée.

— N'arrêtez que quand je vous siffle à nouveau, d'accord ?

Tous trois penchent la tête avant de repartir, chacun dans une direction différente.

— J'aime tellement les chats, commente Gryphon en soupirant. Comment ai-je pu faire quoi que ce soit sans eux ?

— Je suis contente que tu les aimes. Mais j'espère que tu m'aimes encore plus.

Il rit et m'embrasse sur la joue.

— Tu vas à la pêche aux compliments ?

— Non, à la pêche aux diamants. J'entends les gardes câliner les chats, alors allons-y tant qu'ils sont occupés.

Nous quittons le couvert des arbustes et nous précipitons vers la rive du lac la plus proche. L'obscurité est de notre côté, puisqu'il n'y a aucune lanterne près de l'eau.

Nous nous agenouillons et évaluons en silence la situation. L'odeur de poisson est plus puissante à présent, mais je n'en reconnais pas l'espèce. Pas une carpe, c'est certain. Une autre odeur affleure dessous. Du sang.

— Kat ? souffle Gryphon. Est-ce que la femme portait des chaussures noires avec des boucles dorées ?

— Oui.

— Alors je sais où elle est partie.

Je me tourne dans la direction qu'il indique. La moitié d'une chaussure dépasse de deux grands nénuphars. Je comprends mieux l'odeur du sang. Il est arrivé quelque chose à la femme. Je parie qu'elle ne s'est pas noyée. On ne saigne pas en se noyant, à moins d'être stupide.

— Je crois qu'il y a quelque chose dans l'eau, marmonne

Gryphon, sinistre. Nous devrions peut-être garder nos distances.

— Pour le cas où tu l'aurais oublié, il y a un diamant dans cet étang, et nous en avons besoin pour gagner le challenge.

— Est-ce que ça vaut le coup de se faire manger pour ça ?

Je soupire.

— On ne sait pas si elle s'est fait manger. Je ne vois rien sous la surface, l'eau est trop trouble.

— Qu'est-ce qu'il pourrait y avoir là-dedans ? Un monstre d'eau douce ?

Il plonge le doigt dans l'eau.

— En effet, ce n'est pas de l'eau de mer. Est-ce que des monstres peuvent vivre dans un étang de cette taille ?

Je hausse les épaules.

— J'en sais autant que toi.

Je siffle pour faire venir un chat. J'espère qu'aucun garde ne l'a vu traverser la pelouse.

— J'ai besoin de viande, la plus crue possible, ordonné-je. Et non, tu ne peux pas la manger, il nous faut le morceau entier.

Bien qu'il ait l'air un peu agacé, le chat m'envoie sa confirmation avant de s'en aller.

— Bien pensé, dit Gryphon. Je n'avais pas très envie de tendre la main en attendant de voir ce qui rôde sous la surface.

Une branche craque, et le son me parvient juste avant qu'une odeur familière ne me chatouille les narines. Benjamin.

Il nous a trouvés.

CHAPITRE 21

— Ravi de te voir ici, marmonne le voleur en s'affalant à côté de moi. Tu n'es pas censée être au lit ?

Je grogne.

— Si tu dis à quiconque que je suis là, je t'attache à ton lit pendant les trois prochaines semaines. C'est compris ?

Il lève les mains.

— Hé, je ne comptais pas te dénoncer. Je m'attendais à te voir. Tu n'es pas du genre à rester à la maison, même mal en point.

— Je vais bien, répliqué-je machinalement. Le poison a disparu de mon système.

Gryphon se racle la gorge. Je le fusille du regard, et il décide de ne rien dire. Bon garçon. Je suis en parfaite santé. Pas besoin qu'on me demande tout le temps comment je vais. C'est lassant.

— Qu'est-ce que tu as découvert ? demandé-je à Benjamin.

— Puisque tu es ici, la même chose que toi, je présume. Le diamant est dans l'étang. J'ai mis un temps fou à convaincre une serveuse de me dire ça. Elle avait littéralement la main dans mon pantalon…

— Je n'ai pas besoin d'entendre ça, le coupé-je. Dégueu. Tu es mon employé.

— Ça ne te gêne pas que Lily te raconte ses exploits, proteste-t-il.

— Oui, mais Lily n'est pas une enfant. En plus, elle est à moitié succube. Séduire les gens est dans ses gènes. Toi, pas tellement. Que sais-tu d'autre ? Tu as repéré quelqu'un d'autre en quête du diamant ?

— J'ai entendu des tas de rumeurs, trop à mon goût, mais non, rien d'utile. Pourquoi es-tu toujours ici et non dans le lac à la recherche du diamant ?

Je lui indique la chaussure.

— Parce que quelqu'un d'autre a essayé et en est mort. L'eau porte l'odeur de son sang. On ne sait pas ce qui rôde à l'intérieur et on n'a pas très envie de plonger pour le découvrir.

Le chat revient à ce moment-là. Parfait. Il apporte un gros morceau de bacon pas assez cuit. L'odeur me fait saliver même si je viens juste de manger. J'adorerais en croquer un bout, mais si le chat a réussi à se contrôler, alors moi aussi.

— Voyons voir si nous pouvons amadouer ce qui se trouve là-dedans, marmonné-je en coupant la viande en deux.

Le chat me regarde avec envie, mais il va être déçu.

Je lance un morceau de bacon au centre de l'étang. Il atterrit dans une petite éclaboussure, suivie de centaines d'autres alors que l'eau se met à bouillonner. Des petits poissons arrachent la viande ; certains sautent même de l'eau pour avoir une meilleure position. La surface de l'étang est un gigantesque champ de bataille.

— Les pi'has sont agités, aujourd'hui, commente un garde au loin.

Je me fige, espérant que nous sommes assez bien cachés par l'obscurité. Un chat miaule non loin du garde.

— Oui, ne t'en fais pas, je vais te caresser encore.

L'homme pouffe, amusé, et le ronronnement de l'animal l'instant d'après me rassure ; l'humain est de nouveau distrait.

— Des pi'has, répète Benjamin. Ici, à Attenburgh.

— Qu'est-ce que c'est ? demandé-je.

— Des poissons. Mortels. Les pi'has au ventre bleu sont réputés pour leur soif de sang. Ils mangent tout ce qu'ils trouvent, y compris eux-mêmes. C'est brillant de s'en servir pour protéger le diamant. Personne ne pourra s'en approcher sans se faire déchiqueter.

Je soupire.

— Ça nous inclut nous aussi, rappelle-toi. À moins que tu ne connaisses un moyen de les calmer.

— Non, ça m'étonnerait que ça existe. Ils ne sont guidés que par leur instinct, et s'il leur dit qu'il y a de la nourriture à manger, ils attaqueront.

Je me tourne vers Gryphon.

— Tu pourrais utiliser ta magie ?

— Je ne suis pas sûr. Je n'ai jamais essayé d'influencer un animal moins intelligent qu'un chien. Et c'est facile avec eux, parce qu'ils sont partants pour faire ce qu'on leur dit. Nous devrions peut-être trouver plutôt un moyen de soulever la plateforme.

— Ça alerterait les gardes tout de suite, refusé-je. Il nous faudrait une énorme distraction pour qu'ils ne se rendent compte de rien. Non, nous devons faire vite avant la fin des discours.

Gryphon acquiesce, pas ravi.

— Je peux essayer. Ne sois pas déçue si ça ne fonctionne pas.

— Tu vas t'en sortir brillamment, s'exclame Benjamin avec son enthousiasme coutumier.

Gryphon hausse les sourcils à son attention, puis prend un visage calme et fixe l'étang. Je croise les doigts et essaie de faire de même avec mes orteils. Il faut que ça marche, sinon nous devrons trouver un nouveau plan, qui sous-entendra des distractions, des bagarres et des courses-poursuites. Ce qui est beaucoup moins marrant quand c'est nous qui sommes poursuivis et non l'inverse.

— Kat, dis aux chats de faire du bruit, marmonne Gryphon, le front plissé sous l'effet de la concentration. Je vais devoir chanter, pour ça.

J'opine et siffle à une fréquence inaudible pour les humains. Cette fois-ci, c'est James qui s'approche en courant. J'aurais aimé savoir où il était, mais nous n'avons pas le temps pour ça.

— Il nous faut une distraction bruyante, lui dis-je. Tout de suite. Bagarre-toi ou attaque un garde, je m'en fiche, mais fais-le immédiatement.

Il penche la tête et disparaît dans la nuit.

— C'est plus poli de dire « merci » et « s'il te plaît », murmure Benjamin. Tu devrais revoir tes manières.

Je suis tentée de le frapper, mais je me suis juré, en fondant M.I.A.O.U., de ne jamais faire de mal à mes employés. C'est parfois difficile de suivre ses propres règles, surtout quand Bethany est concernée. Benjamin est en revanche celui que je ne suis jamais tentée de punir, d'ordinaire.

Un grand fracas au loin me fait presque sursauter. On dirait que des centaines d'assiettes ont décidé de commettre un suicide collectif en se jetant au sol en même temps. Les chats sont malins.

Comme je l'espérais, les gardes se précipitent dans cette direction, laissant le jardin vide. Dès qu'ils sont partis, Gryphon se met à fredonner. La mélodie est familière au début, je l'ai déjà entendue, mais elle change peu à peu quand il commence à chanter. Je ne sais pas comment il y parvient, mais même quand il chante, j'entends toujours le fredonnement en dessous. Je ne saisis pas bien la magie siren, et je doute d'y parvenir un jour. Je pense que même Gryphon ignore comment cela fonctionne exactement.

L'eau du lac, qui s'était calmée après que les poissons ont fini leur repas, recommence à s'agiter maintenant qu'il chante. Les pi'has nagent vers la surface, s'assemblant en une énorme masse bleue. Un frisson me remonte l'échine. Ils ne sont pas plus gros que la paume de ma main, et pourtant, leur gueule fait à peu près la moitié de leur taille et est dotée de dents aiguisées comme des couteaux et de mâchoires qui semblent assez puissantes pour transpercer l'os. Il doit y en avoir au moins une centaine. Pas étonnant que la femme ait disparu sans laisser de trace. Ils ont dû la dévorer jusqu'à la dernière miette, sauf cette chaussure, restée coincée parmi les nénuphars. Je remercie l'inconnue en silence. Sans elle, Gryphon aurait plongé et aurait connu le même sort qu'elle.

Un frisson glacé me parcourt la peau. J'ai failli le perdre. Cette pensée m'effraie. Gryphon disparu en quelques secondes sans que je ne puisse rien y faire.

Je serre les dents et me concentre sur le présent, sur son chant. Inutile de penser à ce qui aurait pu se passer. Cela ne s'est pas produit, c'est le plus important.

Le siren change légèrement sa mélodie, et les poissons bougent en harmonie, dérivant sur la gauche, jusqu'à ce que tous se trouvent dans un même coin du lac, laissant un grand espace vide devant nous.

Gryphon m'indique le deuxième morceau de bacon toujours dans ma main.

— Tu veux que je teste ? demandé-je pour confirmer.

Il opine sans cesser de chanter.

Dans ce cas… espérons que ça fonctionne.

Je jette la viande dans l'espace vide de l'étang, près de là où nous nous trouvons. Un frisson parcourt le groupe de pi'has, mais aucun ne se détache des autres. La viande s'enfonce lentement dans l'eau, intacte.

J'adresse un sourire à Gryphon, qui disparaît de mes lèvres quand je réalise combien tout ceci l'épuise. Les poissons semblent bien plus difficiles à contrôler que les humains. Sans doute parce qu'il doit gérer une centaine d'esprits et non un ou deux. Nous devons nous dépêcher, comme me l'indique la sueur qui perle sur son front.

Le plan prévoyait que ce soit Gryphon qui plonge et récupère le diamant, cependant il faut qu'il continue à chanter. Je jette un coup d'œil à Benjamin. Si ça ne fonctionne pas, si Gryphon perd le contrôle, pourrais-je vivre avec le fait que je l'ai envoyé à la mort ? Non. Il faut que je m'en charge moi-même.

Je lance un dernier regard autour de moi pour m'assurer que les gardes ne sont pas revenus, puis retire mes bottes et ma combinaison.

— Hé, préviens-moi la prochaine fois, se plaint Benjamin. Mieux vaut laisser certaines choses à l'imagination, comme les nichons de ton employeur.

Je l'ignore. Je porte un soutien-gorge, donc il n'y a rien à voir. En plus, j'ai plus important à faire que penser à ma nudité.

— Tu vas pouvoir les retenir assez longtemps ? demandé-je à Gryphon.

Il acquiesce, mais indique sa montre. Le temps est précieux.

— Très bien. Ne me pleure pas, si je me fais manger.

Je prends une grande inspiration et plonge dans l'eau. Elle est glaciale. J'aimerais bien pouvoir barboter le temps de m'habituer à la température, mais je m'éloigne plutôt de la rive jusqu'à ne plus avoir pied et être contrainte de nager.

Argh. Je déteste ça. Surtout dans un étang infesté de pi'has. Ce n'est pas l'idée que je me fais d'un moment amusant, mais un chat fait ce qu'il doit faire pour refermer ses griffes sur un diamant. Hors de question que je le vende après ça. Je vais le serrer dans mes bras toute la nuit en hommage aux efforts nécessaires pour le récupérer. Puis je le ramènerai chez nous pour trouver un meilleur acheteur que la personne qui nous a parlé de lui en premier.

Même si j'ai envie de la rencontrer. Je me demande si elle savait que le diamant serait protégé des voleurs ordinaires. Aucun humain n'aurait pu distraire les pi'has comme le faisait Gryphon. Une pensée me traverse. Peut-être que le but n'était pas de prendre la pierre, mais de se débarrasser des voleurs et des criminels. Seuls les meilleurs pouvaient arriver jusqu'ici. Les meilleurs, c'est-à-dire ceux constituant la plus grande menace pour la société. Ils plongeraient dans l'étang, se feraient manger et disparaîtraient sans laisser de trace pouvant prévenir le prochain pauvre bougre promis au même destin.

Cette théorie attendra un peu, je dois d'abord attraper le vrai diamant. L'eau est trop trouble pour distinguer quoi que ce soit depuis la surface, donc je dois plonger dessous. Je jette un dernier regard à Gryphon et Benjamin avant de disparaître sous l'eau.

Même ma vue supérieure ne me permet pas d'y voir dans une eau boueuse. Les pi'has ont dû agiter cette mixture. Je suis aveugle, je ne peux compter que sur mon sens du toucher. Je plonge jusqu'au fond, qui n'est pas si loin que ça de la surface. Trois mètres, peut-être.

Je tends les mains et tâte. Il doit y avoir une plateforme quelque part avec le diamant dessus. Au lieu de trouver une pierre précieuse, je tombe sur des os. Bien que je ne sois pas sensible à ça, loin de là, je frémis en touchant tous ces ossements. Toutes ces malheureuses âmes dévorées par les pi'has. Je trouve au moins quatre crânes, sans doute celui de la femme parmi eux, avant de devoir ressortir pour respirer.

— Tu l'as ? crie Benjamin dès qu'il me repère.

Je secoue la tête, prends une grande inspiration et plonge à nouveau. Il me faut trois allers-retours supplémentaires avant de toucher quelque chose de plus dur que de l'os. Enfin. Je crois que Gryphon n'aurait pas pu contrôler les pi'has plus longtemps.

Le diamant fait pratiquement la taille de mon avant-bras. La vache. Il va être dur à cacher pour rentrer à la maison. Je ne m'attendais pas à quelque chose de cette taille. Pas étonnant que les joailliers veuillent le diviser. Même s'ils le partageaient en une centaine de diamants plus petits, chaque fragment vaudrait quand même une fortune.

Je commence à me dire que nous avons été trop gourmands. Je récupère le diamant et nage vers la surface, les muscles des jambes douloureux à cause de l'effort requis par le poids supplémentaire. Je ne suis pas une bonne nageuse ; heureusement que l'étang n'est pas profond.

Dès que je ressors de là, je remarque que l'ambiance a changé.

— Salut, sœurette.

Caitlin se tient à côté de Benjamin, les mains sur les hanches, l'air furieux.

— Je crois que tu me dois des explications.

CHAPITRE 22

Je n'ai jamais vu ma sœur si énervée. Ses yeux luisent littéralement de colère alors qu'elle me regarde de haut.

Je me traîne hors de l'eau, humide et épuisée.

— Est-ce qu'on peut reporter ça ? Tu pourras me crier dessus autant que tu veux à la maison, dis-je en soupirant. Tu veux bien tenir la pierre pendant que je me change ? Je suis frigorifiée.

Benjamin me la prend des mains, puis trébuche, surpris par le poids.

— C'est un sacré diamant, commente-t-il, incapable de le lâcher du regard. Comment peut-il en exister un de cette taille ?

J'enfile ma combinaison en regrettant de ne pas avoir de serviette. Le cuir n'est pas vraiment absorbant, alors je vais rester mouillée malgré mes habits. Mes membres sont lourds, à cause du froid et de la fatigue. Je voudrais me coucher.

Un chat miaule et une image me parvient.

— Vite, cachez-vous ! sifflé-je tout bas. Lady Lara et Lennox arrivent.

Nous nous précipitons vers les buissons les plus proches, à

peine assez grands pour nous tous. C'était plus facile quand j'étais seule avec Gryphon.

— Qu'est-ce qu'ils font là ? souffle Benjamin. Les discours ne sont pas terminés. Le maire ne devrait-il pas rester avec les invités ?

— C'était le plan, si, marmonne Caitlin. Je me demande ce qu'il se passe. Aucun garde n'est revenu, non plus. C'est comme ça que j'ai eu des soupçons. Ils s'étaient tous rassemblés pour discuter, se demandant pourquoi on leur a dit de ne pas retourner dans le jardin.

Hummm. Seul un dirigeant pouvait leur donner un tel ordre. Quelqu'un comme lady Lara. Les rouages tournent à plein régime dans ma tête. Ce n'est pas possible… si ?

Le maire et Lennox ont rejoint l'étang. Elle y jette un coup d'œil, puis sort un petit appareil gris de sa poche. Un bourdonnement résonne dans le sol dès qu'elle appuie sur un bouton. Quelques instants plus tard, un carré métallique fend la surface de l'eau. La plateforme, vide désormais.

Je souris en regardant le caillou dans les bras de Benjamin. Nous avons fait du bon travail.

— Vous pouvez sortir, à présent ! crie lady Lara, son amusement perceptible dans sa voix. Je sais que vous êtes là.

Lennox semble tout à fait mal à l'aise. Nous a-t-il dénoncés ? Non, j'en doute. Il doit être tout aussi surpris que nous par la tournure des événements.

— Kat, sortez. Ça ne peut être que vous.

Gryphon me saisit le bras.

— Non.

Je le repousse.

— Je dois découvrir ce qu'il se passe et pourquoi elle est impliquée.

Ce que je ne dis pas, c'est que je veux m'assurer qu'elle est bien la personne que je pensais, celle que j'apprécie et admire.

— Restez cachés, murmuré-je. Surtout toi, Benjamin. S'il se passe quoi que ce soit, fuis et mets le diamant en lieu sûr.

Sans attendre sa réponse, je me lève et sors du couvert des buissons.

Lady Lara sourit.

— Je savais que vous seriez là. Comment avez-vous fait ?

— Fait quoi ? répliqué-je innocemment. Pourquoi n'êtes-vous pas en train d'écouter des discours ennuyeux ?

— Un petit oiseau m'a dit qu'il se tramait quelque chose par ici.

— Un oiseau ?

Elle hausse les épaules.

— Ça me paraissait plus joli que de dire qu'une alarme s'est déclenchée dès que le poids sur la plateforme a disparu. J'avais installé ce système juste au cas où, même si, avant que vous ne vous joigniez à la partie, je n'étais pas certaine que quelqu'un parvienne à dérober la pierre.

Je la dévisage, incrédule. Je n'en reviens pas de ce qu'elle vient de dire. De ce que ça implique.

— Allons, Kat, ne me décevez pas. Utilisez votre cerveau. Faites le lien.

Lennox me lance un regard confus. Il ne sait pas encore. Moi, si. Du moins, je le crois. Il n'y a qu'une seule façon de découvrir si j'ai raison.

— C'est vous qui avez envoyé ce défi, dis-je lentement. Vous avez envoyé cette lettre à propos de cette « opportunité commerciale du siècle ». C'est vous qui avez créé les énigmes, qui vous êtes assurée que seuls les meilleurs arriveraient jusqu'ici. Puis vous les avez tous tués. D'accord, ce sont les poissons qui s'en sont chargés, mais c'est vous qui avez entraîné ces gens vers la mort. Il y en a eu combien ?

— Je ne sais pas exactement combien sont parvenus jusqu'ici, répond-elle, le visage réservé. Nous le découvrirons quand nous viderons l'étang.

Je la fixe. Elle en parle sans la moindre émotion. Je ne l'avais pas prise pour une tueuse de sang-froid. Impitoyable jusqu'à un certain point, oui, mais pas une meurtrière.

— Oh, ne me regardez pas comme ça, Kat. Vous ne croyez tout de même pas que j'ai causé la mort d'innocents, si ? Je n'ai pas envoyé la lettre à n'importe qui. Seulement aux pires criminels de la ville. Ceux qui tuent pour s'amuser, qui menacent la sécurité d'Attenburgh. Je ne voulais pas faire de mal aux criminels à la petite semaine, ceux qui volent parce qu'ils n'ont pas d'autres moyens de survie. C'est pour ça que j'ai envoyé les défis et les énigmes. Seuls ceux possédant les ressources et l'expérience nécessaires pouvaient arriver jusqu'ici.

Je secoue la tête.

— Ce n'est toujours pas suffisant.

— Que voulez-vous que je vous dise ? Que je regrette leur mort ? Oui, peut-être. Mais ce sont les criminels envoyés pour me tuer. Qui ont assassiné de très nombreux gens bien, y compris certains de mes amis.

Son expression nonchalante change une fraction de seconde ; ce n'est pas qu'un acte politique calculé. Elle est en deuil. C'est de la vengeance. Ça, je peux comprendre.

— Mais pourquoi nous ? demande Lennox, formulant mes pensées. Pourquoi employer Kat si vous comptiez la tuer ?

— Je n'ai jamais voulu sa mort, proteste lady Lara.

Elle me regarde droit dans les yeux.

— Croyez-moi, Kat, je n'ai jamais eu l'intention de vous faire du mal. Vous n'étiez même pas censée recevoir cette lettre. J'ignore pourquoi elle vous est parvenue. Je vais enquêter pour découvrir pourquoi mon coursier vous en a livré une. Je doute que ce soit une erreur ou une coïncidence. Je n'ai appris votre implication que lorsque Lennox a mentionné le diamant.

Il me lance un regard penaud.

— Désolé, ça m'a échappé.

— Ne t'en fais pas, marmonné-je. Ça n'a pas d'importance.

— Comment avez-vous échappé aux pi'has ? demande lady Lara.

Je la fusille du regard.

— Ce ne sont pas vos affaires. Et pour info, je garde le diamant. Et je démissionne.

— Vous ne pouvez pas faire ça, proteste-t-elle.

— Si, je peux. Le diamant était pour nous. Je ne veux pas le vendre. Pas à vous, en tout cas.

Elle rit, mais pas de joie.

— Je me fiche du diamant. Ce que je ne veux pas, c'est que vous quittiez votre travail. Vous êtes la plus talentueuse des gardes du corps que j'ai eus. J'attache déjà une grande importance à vos conseils et votre expérience, alors que vous venez tout juste de commencer. Je suis désolée que vous ayez été blessée en travaillant pour moi. Je suis navrée aussi que vous vous soyez retrouvée mêlée à cette supercherie. S'il vous plaît, pourriez-vous me donner une autre chance ?

La fierté effleure mon cœur. J'aime quand les gens reconnaissent mes qualités. Mais ça ne doit pas influencer ma décision. Lady Lara dit peut-être tout ça juste pour m'amadouer et me mener par le bout du nez. Comment vais-je pouvoir la croire, désormais ?

Je soupire.

— Je vais y réfléchir. J'ai besoin d'un peu de temps pour faire le tri de tout ça. Si je décide de continuer à travailler avec vous, je vous en informerai.

Je me détourne et pars sans un regard en arrière. Lennox me suit et me prend la main. Je la serre, contente de ne pas être seule.

Il est temps de rentrer à la maison.

Nous sommes tous d'humeur sombre quand nous nous installons au salon. Le diamant trône sur la table basse, mais aucun de nous n'y accorde de l'attention. Il n'est plus important. Ce qui compte, c'est la suite.

Ryker nous a rejoints sur le trajet du retour, alerté par ses chats. Nous avons envoyé l'un d'eux récupérer Lily. Nous sommes désormais tous réunis en silence. Le thé préparé par Bethany est fort, pile ce dont j'ai besoin maintenant.

— Je n'en reviens pas que ç'ait été le maire depuis le début, commente Lily au bout d'un moment. Comment a-t-on pu ne rien voir ?

— Parce qu'il n'y avait rien à voir, répliqué-je. Elle a bien caché ses traces. Et pourquoi aurions-nous soupçonné le maire d'Attenburgh ? Cette chasse au trésor semblait organisée par des criminels. Ça aurait été logique. Maintenant, plus rien n'a de sens.

Je suis tellement fatiguée, et pas seulement sur le plan physique. La trahison de Lara m'est plus douloureuse que l'empoisonnement. Elle aurait pu me tuer. Ou pire, un membre de mon équipe aurait pu mourir. Peu importe qu'elle n'ait pas eu l'intention de me viser personnellement. N'est-ce pas ?

En même temps, ses méthodes sont-elles si différentes des miennes ? J'ai tué des centaines de personnes. Toutes n'étaient pas mauvaises. Je ne posais pas de questions. Je faisais le boulot, prenais l'argent et passais au contrat suivant. Mais je ne suis pas maire d'une ville. Je suis un assassin. Tuer, c'est mon boulot. Lady Lara, employant de telles méthodes ? C'est différent. C'est effrayant. De quoi d'autre est-elle capable ? Que prévoit-elle de faire encore ?

La seule manière de le découvrir est peut-être de rester proche d'elle. De devenir sa confidente, d'être impliquée dans ses projets.

Je ne devrais pas me mentir à moi-même. J'ai envie de continuer à travailler pour elle. Je l'aime bien. Et j'aime l'argent que ce travail rapporte. En plus, je n'ai pas encore trouvé de trace de ma sœur. Elle est peut-être en train de souffrir quelque part, et travailler dans le bureau du maire m'offre une chance de la retrouver.

— Tu veux y retourner, n'est-ce pas, dit gentiment Ryker.

Ce n'est pas une question. Il me connaît très bien.

J'acquiesce.

— Mais je ne suis pas sûre de pouvoir travailler pour elle si je ne peux pas lui faire confiance. Si M.I.A.O.U. fonctionne si bien, c'est parce que nous nous fions les uns aux autres. Nous nous confions nos vies. Je pensais que ça pourrait être la même chose avec lady Lara, mais je ne suis plus certaine que ça arrive un jour.

— Qu'est-ce que tu as trouvé au fond de l'étang ? demande Lily. Des corps ?

— Au moins quatre. Pour être honnête, je ne sais pas s'ils ont tous été tués aujourd'hui. Il ne restait rien de plus que leurs os, nettoyés par les pi'has.

— On devrait s'en procurer, d'ailleurs, suggère Bethany. Ce sont de super gardiens, encore meilleurs que les chats. Plus mortels, en tout cas.

Je lève les yeux au ciel.

— Et tu veux les mettre où ? Tu comptes creuser des douves autour de la maison ?

Elle hausse les épaules.

— Si besoin. Sinon, je vais m'acheter un aquarium. Je veux étudier ces poissons.

— Ils sont comestibles ? demande Benjamin.

— Tu ne mangeras pas mes animaux ! réplique sèchement Bethany. Je ne mange pas les tiens, moi.

— C'est parce que ce sont des chats. Et tu n'as pas intérêt à suggérer de servir le faon pour le dîner.

Je me lève en grognant. Je n'ai pas assez d'énergie pour écouter leurs chamailleries aujourd'hui.

— J'ai besoin d'une douche. Réfléchissons à tout ce qui s'est passé et à la suite. Nous pourrons en reparler demain, après une bonne nuit de sommeil.

Mes trois hommes se mettent debout en même temps. Je souris. Je ne vais sans doute pas être seule dans cette douche.

CHAPITRE 23

Le lever du soleil inonde le lit de sa lumière orangée. Il me réchauffe le visage, me caresse la peau comme les doigts d'un amant. Je repousse la couette afin de m'exposer davantage. Je suis nue. Je dors rarement sans vêtements, mais j'étais trop fatiguée hier soir pour les remettre après que les garçons me les ont enlevés. Ce souvenir me fait sourire. Ils m'ont fait oublier les événements de la journée. D'abord dans la douche, puis dans le lit.

Je m'étire, m'imprégnant du soleil avec bonheur. Les nuits rallongent déjà ; l'hiver sera bientôt là. Il paraît qu'il fait moins froid à Attenburgh en cette saison ; je vais vite voir si c'est vrai. J'adore jouer dans la neige comme n'importe quel chat, mais c'est plus compliqué de ne laisser aucune trace. Je me suis cassé le poignet un jour en tombant d'un toit gelé, alors depuis, j'évite de marcher sur les toits l'hiver. Il me tarde cependant d'utiliser la cheminée du salon. Nous ne l'avons pas encore allumée, mais quand le temps se rafraîchira, nous serons contents de l'avoir. Il faudra que j'envoie quelqu'un récupérer du bois ou du charbon. Je pourrais faire enfiler des chemises de bûcheron moulantes aux garçons et les admirer en train de parader avec leurs haches. Un homme avec une chemise à carreaux et une lame aiguisée, c'est sexy.

Gryphon ronfle bruyamment. Je ne peux m'empêcher de rire. Ça, ce n'est pas sexy.

Je ferme les yeux et savoure le temps passé au lit, sans nécessité de me lever pour travailler, sans menace planant au-dessus de moi. Juste moi, les gars et le soleil.

— Tu es nue.

Je bâille et regarde Ryker.

— Oui ?

— Tu n'es jamais nue.

Je pouffe.

— Je l'étais la nuit dernière. Tu m'as retiré mes vêtements toi-même.

— Oui, mais d'habitude, tu les remets avant de dormir.

Il sourit.

— J'aime te voir nue.

— Quelle surprise. Je ne l'aurais jamais deviné, vu comme tu me dévores du regard en ce moment.

— Je pourrais te dévorer d'une tout autre manière, aussi.

Il sourit de toutes ses dents.

— Ce serait le plus délectable des petits déjeuners.

Ses allusions me font frissonner. Cela me paraît un bon moyen d'entamer la journée. Du soleil et du sexe.

J'écarte les jambes et fais un clin d'œil à Ryker.

— Viens prendre ton petit déjeuner.

Willow est allongée sur le sol de la cuisine. Elle s'éveille de sa sieste quand j'ouvre le frigo et en contemple le vide. Cet appareil est un trou noir. Quelle que soit la quantité de nourriture que nous achetons, elle disparaît dans l'instant. Une maison remplie de dizaines de chats et de plusieurs métamorphes insatiables, ça n'aide pas. Au moins, nous pouvons nous permettre d'acheter plus de nourriture, maintenant que j'ai un travail et que nous possédons un immense diamant au milieu du salon. J'y ai jeté un coup d'œil en descendant. Il trône toujours comme une décoration sur la table basse. Difficile de croire que nous avons un objet d'une telle valeur chez nous. Lady Lara est la seule à être au courant et elle ne semble pas intéressée. À la Guilde des Joailliers, cependant, ça doit être le branle-bas de combat. Des têtes vont tomber, des suspects vont être interrogés, des gardes vont être renvoyés. Tout ça à cause d'un joli caillou.

C'est tout ce que c'est, en définitive. Un diamant, ça ne se mange pas. On peut fabriquer des bijoux avec, mais encore une fois, de jolies boucles d'oreilles ne sont d'aucune utilité quand on meurt de faim. Le seul usage que je peux en faire, c'est des couteaux. Il paraît que des lames confectionnées à partir de diamants peuvent tout transpercer. Le seul problème, c'est que seul un diamant peut couper un autre diamant, et il nous en manque donc un.

La petite biche bâille doucement et se lève. Elle a pris du poids pendant que j'étais inconsciente, et ses blessures ont pratiquement guéri. Sa fourrure est plus brillante et ses côtes moins visibles.

— Benjamin s'est bien occupé de toi, n'est-ce pas ?

Elle frotte sa tête contre ma cuisse. Oooh. Elle m'apprécie.

— Qu'est-ce que mangent les faons ? lui demandé-je, mais elle ne m'accorde aucune attention.

Elle est trop occupée à lécher mon pantalon en cuir.

— Ne t'en fais pas, il n'était pas de ta famille, marmonné-je, distraitement. Je crois que c'est du cuir de vache. Puisque tu ne veux pas me dire ce que tu souhaites manger, ça te dit de l'herbe à chats ? Les biches mangent les plantes, non ?

Elle continue de lécher. Oh, bien. De l'herbe à chats, alors.

Juste pour la rendre heureuse, bien sûr. Et si j'en prends un peu moi aussi… qu'il en soit ainsi.

Lorsque Lily nous rejoint, je suis assise en tailleur par terre, avec la tête du faon sur ma cuisse. Elle dort, vaincue par l'herbe à chats, tandis que je regarde dans le vide à méditer sur la beauté de l'univers.

— Oh, Kat, dit-elle. Tssss. On en a déjà discuté. Pas d'herbe à chats pour toi. Et encore moins pour Willow. Ce n'est pas bon pour elle.

— Qui a dit ça ?

— Benjamin. C'est un expert. Il a lu beaucoup de choses sur les faons.

— Il a juste dit ça pour me priver de mon plaisir, me plains-je. Vous m'empêchez toujours d'en prendre.

— Parce que c'est toujours la même chose ensuite. Tu deviens sentimentale et accro. Ou tu décides tout à coup de peindre les murs, parce qu'ils « sont plus jolis avec des arcs-en-ciel ». Tu te souviens de ça ?

— Ils étaient plus jolis, c'est vrai, marmonné-je.

— Là n'est pas la question. Allez, lève-toi, il faut que je te parle.

— À moi ?

— Non, à la biche. Kat, tu es ridicule. Je vais te faire un smoothie détoxifiant pour que nous puissions discuter. J'ai besoin d'un conseil.

— Un conseil ? Toi ? De moi ?

Les mots s'enchaînent sans le moindre sens.

Je caresse la tête du faon en regrettant que personne ne caresse la mienne. Parfois, j'aimerais être une chatte métamorphe plutôt qu'une panthère. Je pourrais m'allonger sur les genoux de quelqu'un, ronronner et le manipuler pour me faire caresser. Alors que les gens ont surtout peur de moi quand je les approche, me privant de grattouilles sur la tête.

— Pourquoi as-tu l'air triste ? demande Lily.

— Parce que personne ne me caresse la tête.

Elle éclate de rire.

— Oui, tu as bien besoin de mon smoothie. Va t'allonger quelques minutes au salon le temps que je te le prépare. Je n'en reviens pas que tu aies recommencé.

— Willow avait faim, protesté-je, mais elle est déjà en train de me relever pour m'éjecter de la cuisine.

— Benjamin ! crie-t-elle dans mon dos. Ta biche a été droguée !

Je l'ignore et me rends au salon, conformément aux consignes que j'ai reçues. Je tapote le diamant avant de m'allonger sur le canapé. La vie est merveilleuse.

❀ ❀ ❀ ❀ ❀ ❀

Après deux verres du smoothie miracle de Lily, j'ai les idées claires. Plus ou moins.

Elle s'assied sur le canapé en face de moi et se trémousse, visiblement mal à l'aise.

— Crache le morceau. Qu'est-ce qu'il y a ?

Elle se mord la lèvre.

— Tu sais, l'homme que j'ai utilisé pour aller au bal hier ?

— Oui, tu as dit que c'était un riche aristocrate.

— C'est ce que je croyais. Un riche humain. Mais je pense qu'il est plus que ça.

Mon sourire s'affaisse.

— Par pitié, ne me dis pas que c'est un siren.

Elle refuse de croiser mon regard.

— Je pense que si. Je n'en suis pas sûre, mais c'est possible. Il ne ressemble pas à l'un d'eux, c'est pour ça que je l'ai choisi au départ. Il a des rides, des pattes d'oie et une cicatrice sous l'œil droit. Il n'est pas assez beau pour être un siren, et pourtant, je crois qu'il a tenté d'utiliser ses pouvoirs sur moi hier.

— Tu *crois* ?

— Il visait peut-être quelqu'un d'autre dans la pièce, mais il m'a regardée après ça comme s'il était surpris. Il a dû essayer de me faire faire quelque chose, ce qui n'a bien sûr pas marché.

Je me penche vers l'avant, pas uniquement intriguée par ce siren. Je suis inquiète, aussi. N'était-ce qu'une coïncidence que Lily rencontre justement l'un d'eux ayant des billets pour le bal ? Ou bien ce siren est-il lié à celui qui m'a attaquée ?

Peut-être que je deviens paranoïaque. Je sais que beaucoup de personnes de cette espèce vivent à Attenburgh et que la plupart d'entre elles sont en position de pouvoir. C'est sans doute juste une coïncidence. Il le faut.

— Il y a autre chose, marmonne Lily, toujours sans me regarder. Lorsque le chat est venu m'adresser le signe convenu pour m'indiquer de partir, cet homme lui a souri. Comme s'il n'était pas surpris qu'un chat entre dans une pièce remplie de personnes et se dirige droit vers moi. J'ai vu son regard, il semblait content de lui. C'est là que j'ai compris que je devais t'en parler.

— Un siren qui a tenté de te séduire, médité-je. Il ignorait peut-être que tu n'étais pas humaine, comme la plupart des gens, donc ce n'est pas une surprise. Même si quelqu'un a fait des recherches sur M.I.A.O.U., ils ne peuvent pas le savoir. Moi aussi, je ne le savais pas avant que tu ne m'en parles. J'avais des soupçons, oui, mais je n'étais pas certaine que les succubes existent.

— Eh bien, maintenant, il sait que je ne suis pas humaine, dit-elle en soupirant. Ou pas totalement, du moins. J'aimerais savoir ce qu'il voulait me faire faire. Quelque chose de simple, comme l'embrasser, ou de plus sinistre ?

— Le seul moyen de le découvrir, c'est de l'affronter. Tu sais où il habite ?

Elle secoue la tête.

— Nous nous retrouvons toujours au restaurant ou à l'hôtel. Il m'a dit qu'il voyageait beaucoup pour le travail et qu'il n'avait qu'une petite propriété sur Attenburgh, trop modeste pour y recevoir des invités.

— Par chance, nous sommes doués pour trouver les gens, la rassuré-je en souriant. Comment s'appelle-t-il ?

Elle fait la moue.

— Peter Tamari, mais j'ignore si c'est son vrai nom. Au bal, tout le monde semblait le connaître, mais ils disaient tous « monsieur », jamais son nom.

Le mystère s'épaissit. Comme si nous n'avions pas déjà assez de choses à faire. Je dois trouver ma sœur, et pourtant, un nouvel obstacle se place en travers de ma route. Me faire empoisonner était une bonne raison de mettre les recherches en pause, mais concentrer mes ressources sur la traque de ce siren plutôt que sur ma chair et mon sang, est-ce justifiable ?

— Est-ce que tu sais quel chat est venu te chercher ?

— L'un de ceux de Ryker, je crois qu'elle est venue avec nous à Attenburgh. Mais c'est peut-être un mâle, je n'arrive pas à les distinguer.

Elle fait la moue.

— On devrait leur mettre un collier avec leur nom.

Je me raidis et elle écarquille les yeux.

— Désolée. Pas de colliers. Aucun collier. Pourquoi cette question sur le chat ?

— Parce qu'il ou elle a pu percevoir l'odeur du siren et pourrait nous conduire à lui.

CHAPITRE 24

Lennox me rejoint dans le salon dès que Lily est partie trouver Ryker pour qu'il identifie le chat. Lennox ne porte qu'un peignoir, dont l'une des manches a glissé, révélant son épaule et une partie de son torse. Bien que je sois tentée de tendre les mains pour caresser la peau exposée, je me retiens. Ça finirait avec nous deux nus. Encore. J'ai du travail, je ne peux pas me laisser distraire. Je n'aurais peut-être pas dû choisir trois compagnons. En avoir trois signifie tripler le temps potentiel où je ne fais rien.

— Tu as déjeuné ? me demande-t-il.

— D'une certaine façon, répliqué-je, un grand sourire aux lèvres. J'ai pris de l'herbe à chats, puis deux smoothies détox.

— À ce point-là ?

Je hausse les épaules.

— J'ai connu pire. C'était agréable, en tout cas. Dommage que Lily m'ait trouvée.

— C'est une bonne chose, tu veux dire. Nous avons besoin que tu sois rationnelle et en état de penser, après tout ce qui s'est passé hier. Tu as pris une décision ? Concernant le maire ?

— Peut-être.

Je soupire.

— Je crois que je vais lui donner une nouvelle chance. Pas seulement parce que je les apprécie, elle et son argent, mais parce que ça pourrait m'aider à trouver K7.

— Bon choix. Je t'aurais recommandé la même chose. Nous devrions quand même avoir une discussion avec elle. Ou toi, tout du moins. Pour mettre cartes sur table. Il faut qu'elle te parle des autres manigances qu'elle a peut-être prévues. Si elle peut te confier sa vie, alors elle doit aussi te confier ses secrets.

— J'aime bien cette phrase. Je vais te la piquer, je pense.

— Un bon voleur n'annonce pas ses projets.

J'éclate de rire.

— C'est pour ça que c'est Benjamin, notre voleur attitré. Si tu le vois tout à l'heure, il va peut-être se plaindre de moi, au fait.

— Pourquoi ?

— Il est possible que j'aie filé de l'herbe à chats à son faon.

Lennox explose de rire.

— Oh, Kat, c'est tellement toi.

— Évidemment que c'est moi. Je suis moi. Je fais des choses de *moi*. Tout comme tu fais des choses de *toi*.

— Tu es sûre que ce smoothie détox a fonctionné ? Tu me parais encore un peu bizarre.

Je lui décoche un grand sourire.

— Je suis toujours bizarre. Ça fait partie de mon charme.

La sonnette interrompt nos chamailleries. Je soupire. Il y a toujours quelque chose. Comme il n'y a personne d'autre par ici et que Lennox est en peignoir – et que je refuse que quelqu'un d'autre puisse voir son joli torse –, c'est à moi d'ouvrir la porte.

— Je vais m'habiller, me dit-il. À moins que tu ne préfères que je reste comme ça ?

Je l'ignore. Je suis toujours surprise que ni Gryphon ni lui ne se soient joints à Ryker et moi ce matin. Ils étaient réveillés, mais ils n'ont pas bougé et n'ont rien dit. Ils ont juste écouté. Étrange. Je parie que ça les a excités.

Je regarde dans le judas et recule, surprise. C'est lady Lara. Seule. Elle a dû marcher jusqu'ici. Quelle folle. C'est le maire, elle ne devrait pas traverser la moitié de la ville sans gardes.

Je me passe les mains dans les cheveux pour essayer de les apprivoiser. Je suis en tenue d'intérieur, à savoir un tee-shirt lâche et un pantalon encore plus ample. Rien à voir avec ce que je porte en sa présence en temps normal, mais nous sommes sur mon territoire. Elle est venue me voir sans prévenir, donc elle ne doit pas s'attendre à ce que je sois vêtue pour l'occasion.

Je prends une grande inspiration et ouvre la porte.

— Bonjour, me salue-t-elle. Navrée d'arriver sans vous avoir avertie avant, mais je trouvais important de vous parler en personne.

— Euh… bonjour.

Cela m'agace qu'elle soit si polie. Je veux une confrontation ; je veux lui crier dessus jusqu'à ce qu'elle comprenne combien elle m'a déçue. L'avoir sous les yeux ravive la colère que j'ai éprouvée hier soir.

— Entrez, dis-je en me détournant tant que je me contrôle encore.

Je la conduis non pas au salon, mais dans mon bureau. J'ai le dessus, là-bas. C'est l'espace officiel où je gère mes affaires. Ici, c'est moi qui suis derrière le bureau, même s'il n'est pas aussi joli que le sien. Je pourrais utiliser l'argent du diamant pour m'en offrir un beau. En noyer, je pense, avec une jolie texture marbrée. Assez grand pour contenir tous mes dossiers et me laisser de la place pour écrire, mais pas trop histoire que je n'aie pas l'air petite à côté.

— Jolie pièce, commente lady Lara.

Je lui indique l'unique autre siège, qui couine encore plus que le mien.

Puis je croise les bras et attends qu'elle parle. C'est elle qui est venue me voir, après tout.

— J'ai hésité à venir ici, commence-t-elle après un instant de silence. Je voulais vous laisser de l'espace, et en même temps, j'avais le sentiment de n'avoir pas su bien m'expliquer hier soir. Je ne voulais pas que vous vous fassiez une mauvaise impression de mes actions.

Je ne réponds pas, j'attends qu'elle poursuive.

Elle se lèche les lèvres, en un mouvement étrangement beau.

— Il y a quatre ans, je sortais avec une femme. Nous étions toutes les deux membres du conseil municipal. Nous étions jeunes, idéalistes et ambitieuses. Nous voulions changer le monde. À cette époque-là, le conseil était encore plus conservateur qu'aujourd'hui. Elle n'a pu y entrer que grâce à ses parents, tandis que j'ai surtout eu de la chance, dans la mesure où mon mentor est décédé et qu'on m'a confié sa place pour pouvoir maintenir la stabilité. Bref, nous nous pensions invincibles. Maintenant que nous avions réussi à entrer au conseil municipal, nous allions nous assurer qu'il change, pour le mieux.

Elle fait la grimace.

— Bien sûr, ça ne s'est pas passé ainsi. D'abord, ils nous ont menacées. Rien de méchant, dans un premier temps. Des lettres anonymes ou des déjections de chien dans la boîte aux lettres. Puis ils ont laissé un écureuil mort devant ma porte. J'aurais pu croire que c'était l'œuvre d'un chat errant, s'il n'y avait pas eu le nœud coulant autour de son petit cou. Nous avons ignoré ce message. Alors ils l'ont tuée.

Ma gorge se noue. Elle se confie à moi, se met à nu. Comme je ne sais pas quoi faire, je garde le silence.

— Ils ont maquillé ça en cambriolage qui a mal tourné, mais je savais que c'était un assassinat. C'est à ce moment-là que j'ai commencé à m'intéresser aux criminels d'Attenburgh. Je devais savoir quel genre de personnes peuplaient ma ville. Comment ils avaient pu faire ça à ma partenaire. Plus je m'y intéressais, plus le tableau devenait clair dans ma tête. J'ai compris qu'il y avait plusieurs couches dans cette société au-delà des gens ordinaires, allant des simples pickpockets aux grands criminels. Mais le plus important, ce sont les liens qu'ils ont avec les personnes les plus riches de cette ville. Ce sont ces derniers qui tirent les ficelles. C'est ce jour-là que je me suis juré de couper ces liens.

— C'est partout pareil, répliqué-je tranquillement. C'était la même chose dans ma ville natale. Les gens pauvres ne peuvent pas se payer d'assassins. C'est toujours les riches qui donnent les ordres. Ils ont les moyens de faire tuer les autres. Les hommes ordinaires vont peut-être vous frapper dans le ventre. Les hommes riches vont envoyer quelqu'un vous trancher la gorge.

— Eh bien, ça ne devrait être ainsi nulle part, s'exclame lady Lara avec fougue. Nous ne devrions pas vivre dans la crainte des assassinats. Après la mort de ma partenaire, j'ai décidé de trouver le moyen d'empêcher les habitants les plus puissants d'Attenburgh de communiquer avec les milieux criminels. Ça n'a pas fonctionné, évidemment. Ils avaient bien trop de ressources. Alors j'ai décidé que le seul moyen consistait à bâtir un nouveau système depuis la base. À me débarrasser des assassins. Comme je vous l'ai dit hier, les voyous ne me gênent pas. Il y en a dans toutes les villes. J'essaie de les aider en lançant des initiatives pour augmenter les offres d'emploi proposées et améliorer les conditions de vie dans les parties les plus pauvres de la ville. L'éducation est l'une de mes passions. Si nous parvenons à atteindre la génération suivante, à lui apprendre comment gagner honnêtement sa vie, notre société sera plus sûre et plus juste.

— Quelles belles paroles, me moqué-je, de nouveau énervée. Mais vous ne vous êtes jamais dit que les assassins n'ont peut-être pas tous choisi ce métier ? Certains ont été forcés à le devenir. Ils n'ont pas eu leur mot à dire.

Son regard s'adoucit.

— Comme vous ?

— Peut-être. Ce que je veux souligner, c'est que nous ne pouvons pas simplement tuer les criminels, quoi qu'ils aient fait. Ils méritent d'avoir une chance de se défendre. D'avoir droit à un procès. D'être déclarés coupables ou innocents. Si vous vous tenez au-dessus des lois et prenez les choses en main vous-même, vous ne valez pas mieux que les membres du conseil municipal que vous essayez de changer.

Ses yeux s'écarquillent, mais ensuite, elle opine.

— Vous avez raison, je le sais. J'ai été tellement obsédée par l'idée de faire sortir les plus grands criminels de la ville que j'ai perdu de vue mon objectif initial. Les pi'has étaient une mauvaise idée, je l'admets. J'aurais dû cacher des gardes pour qu'ils arrêtent toute personne tentant de voler le diamant.

— Vous avez changé de refrain bien vite, en une nuit.

J'ai envie de la croire, sincèrement, mais je ne sais pas si c'est possible.

— C'est parce que j'avais déjà commencé à y réfléchir. Je n'avais cependant pas la force de changer mon plan. Vous l'ignorez, mais ça faisait six mois que je le mettais au point. Y renoncer au dernier moment aurait été honorable, mais j'aurais eu l'impression de céder. Surtout après que vous avez failli vous faire tuer. Encore une fois, d'autres personnes essayaient d'influencer mes décisions en utilisant la violence.

Elle soupire.

— Et en échange, j'ai eu recours à la violence à mon tour. Je le vois. Je sais que c'est mal. Mais parfois, nous avons l'impression que c'est le seul moyen. Ceux qui veulent faire souffrir les autres seront toujours les plus forts. Comment les affronter sans être prêts à nous battre nous-mêmes ?

— Vous vous adressez à la mauvaise personne. Je ne suis pas une pacifiste. Je tue les gens pour vivre. La différence entre nous, c'est que je ne suis pas maire. Je n'occupe pas une position de pouvoir. Je n'ai pas besoin d'être un exemple. Tout le monde se fiche de ce que je fais, ou de si je vis ou meurs.

— Moi, non, me coupe-t-elle. Ne me demandez pas pourquoi, mais je m'en soucie.

Je hausse un sourcil, curieuse.

— Pourquoi ?

Elle me sourit, narquoise.

— Vous n'aimez pas suivre les règles, n'est-ce pas ?

— Vous non plus.

— C'est pour ça que nous sommes faites l'une pour l'autre. Je voudrais que vous reveniez travailler pour moi. Pas en tant que garde du corps, mais comme conseillère. Vous connaissez les côtés les plus sombres de la ville, et pourtant, vous n'avez pas perdu votre humanité. Vous pourrez me demander des comptes, contrairement à mes autres conseillers qui rampent devant moi.

Conseillère. Je retourne le mot dans ma tête. Il sonne mieux que garde du corps. Un conseiller a autant besoin de cerveau que de muscles. Je pourrais utiliser toutes les compétences acquises en dirigeant M.I.A.O.U., tandis que je gagnerais plus d'argent en faisant quelque chose de bien. Je me renfrogne. *Quelque chose de bien.* Depuis quand ça m'intéresse ? Ce doit être un contrecoup de l'herbe à chats, ou du poison.

Je prends une grande inspiration.

— J'ai plusieurs conditions si vous voulez que j'accepte.

Son visage s'illumine, et elle se penche vers moi, intéressée.

— Dites-moi.

— Premièrement, vous devez me révéler tout ce qui concerne non seulement votre sécurité, mais aussi la mienne et celle de mon équipe. Cela inclut les chats. Deuxièmement, vous offrirez un poste à tous les autres membres de M.I.A.O.U. À eux de voir ensuite s'ils acceptent ou non. Troisièmement, honnêteté totale. Dans les deux sens. Je veux connaître tout ce que vous planifiez, tout ce que vous comptez faire dans le cadre de votre travail. Votre vie privée ne me regarde pas, bien sûr. Et enfin, j'ai besoin de vos ressources pour retrouver quelqu'un.

— Oui aux trois premiers, accepte-t-elle sans hésiter. Qui est cette personne ?

— Ma sœur. Ce n'est qu'une enfant. Il paraît qu'elle est dans cette ville. Retenue contre sa volonté. Sans doute l'œuvre de personnes puissantes. De sirens. Ils s'en sont déjà pris à ma famille et nous les avons détruits, là d'où nous venons. Je suis prête à faire la même chose ici si nécessaire.

— Croyez-moi, je n'ai rien contre le fait que vous tuiez tous les sirens de cette ville, dit-elle avec une moue de dégoût. Depuis que j'ai découvert leur existence, j'ai réalisé à quel point ils sont incrustés dans notre société. Ils sont partout, tirant les ficelles dans l'ombre ou affichant ouvertement leur pouvoir en tant que membres du club des riches et célèbres. Je vous offre toute l'aide nécessaire pour retrouver votre sœur.

Je ne peux retenir mon soupir de soulagement. Enfin, je vais pouvoir avancer. Avec l'aide de Lara, trouver K7 pourrait être possible. Quant à son plan consistant à tuer tous les sirens, en revanche…

— Pas tous les sirens, lui dis-je. Puisque nous avons décidé d'être honnêtes, l'un de mes partenaires en est un. Il est cependant de notre côté. Vous pouvez lui faire confiance.

Elle a l'air surprise, mais opine après un instant de silence.

— Si vous lui faites confiance, alors moi aussi. Quand je disais « tous », je ne le pensais pas littéralement. Je sais qu'il y a des exceptions dans chaque espèce. Il est le premier bon siren que je croise, mais je suis prête à admettre qu'il n'est pas le seul.

— Kat ! hurle Ryker depuis l'autre bout de la maison. On a un problème.

J'échange un regard avec le maire.

— Je reviens tout de suite.

Elle me sourit.

— Ne vous en faites pas, je dois partir, de toute façon. Nous pourrons poursuivre notre conversation lundi au travail. Je suis contente que nous ayons mis les choses au point.

Elle a l'air de vouloir me faire un câlin, alors je m'empresse de quitter la pièce avant elle. Évitons de devenir trop proches, après tout ce qui s'est passé.

Ryker se tient dans le couloir, un chat noir aux pattes marron à ses côtés.

— Lily m'a demandé de trouver le chat qui est venu la chercher hier. C'est lui. Et il vient de m'informer qu'il sent le siren non loin.

— Quoi ? Notre siren ? Le siren de Lily ?

— Un siren ? lance sèchement lady Lara.

— Je vous expliquerai plus tard. Il est loin ?

— On devrait le voir si on sort. Mais la question est : voulons-nous sortir ?

— Où est Gryphon ?

— Parti faire des courses avec Bethany et Benjamin.

Merde. S'il y a bien une chose que j'ai apprise concernant les confrontations avec des sirens, c'est que c'est toujours mieux d'en avoir un amical à nos côtés.

— Très bien. C'est peut-être notre seule chance de l'attraper. Réunis les autres, on part en chasse.

Il sourit, mais il n'a pas l'air convaincu.

— Pourquoi est-il là, Kat ? Comment sait-il où nous vivons ? Je doute que ce soit une coïncidence.

Le chat miaule sur un ton urgent.

— Il se rapproche, traduit Ryker. Il vient ici.

Je hoche la tête. Nous devons agir vite. Je siffle bas, avertissant tous les chats du coin de l'urgence. Ils débarquent de tous les côtés, les pattes légères, mais leurs pas tout de même audibles pour mes oreilles de métamorphe. Il y en avait au moins dix dans la maison. Ouah, je ne m'en étais pas rendu compte.

— Lily ! Lennox ! Caitlin ! crié-je à pleins poumons.

J'ai surtout besoin que Lily vienne identifier le siren. Le chat a pu mémoriser la mauvaise odeur, qui sait.

Les autres arrivent en quelques secondes. Ouf. Lennox est toujours en peignoir et m'adresse un sourire d'excuse. J'imagine qu'il n'est jamais allé se changer. Caitlin semble être tombée du lit ; ses cheveux partent dans tous les sens.

— Qu'est-ce qu'il se passe ? demande-t-elle en bâillant. Quelle est l'urgence ?

— Le siren est dehors et s'approche de la maison, explique Ryker en indiquant le judas. Lily, regarde. Est-ce que c'est lui ?

Elle jette un coup d'œil et se fige.

— Kat, ne sors pas, murmure-t-elle. Ne regarde pas.

— Qu'est-ce qui ne va pas ? grogné-je, mon inquiétude se transformant en colère.

— C'est lui, mais il n'est pas seul.

Je ne peux pas me retenir plus longtemps. Je l'écarte de mon chemin et me plaque contre la porte. Un homme se tient de l'autre côté de la rue, un grand chariot derrière lui et, à ses côtés, un enfant.

Je ne réfléchis pas ; j'agis à l'instinct.

J'ouvre la porte si vite qu'elle claque contre le mur.

— Kat ! crie Lily, mais je l'ignore.

Je les ignore tous, même s'ils essaient de m'empêcher de me ruer dehors.

La fillette est immobile à côté du siren. Bien que des cheveux sales masquent une grande partie de son visage, je n'ai pas le moindre doute. C'est elle. K7. Ma sœur.

— Pas plus près, me prévient le siren lorsque je me rue vers lui.

Son ton menaçant interrompt ma course.

— Nous nous rencontrons enfin en personne, K1. C'est un plaisir, dit-il d'une voix suave qui me rappelle un serpent s'enroulant autour de sa proie.

— Je m'appelle Kat, sifflé-je. Maintenant, donnez-moi ma sœur.

Il rit.

— Je crois qu'il y a un malentendu.

Il saisit la bâche couvrant le chariot et la retire. Elle tombe au sol, révélant une cage. Il a apporté une cage. A-t-il transporté ma sœur dedans ?

La rage m'envahit, mes entrailles ne sont plus que lave en fusion. J'enfonce les ongles dans les paumes de mes mains pour me retenir de me jeter sur lui. Je ne peux risquer de mettre ma sœur en danger, maintenant que je l'ai retrouvée. Elle ne bouge toujours pas, ne semble même pas avoir remarqué ma présence.

— Entre dans la cage.

La voix du siren est aussi froide que son cœur.

Je ricane.

— Et pourquoi est-ce que je ferais ça ?

En un éclair, il a sorti un couteau et le plaque contre la gorge de ma sœur.

— Voilà pourquoi.

Pour la première fois, elle lève la tête et je plonge dans ses yeux. Ils sont un puits sans fond de douleur et de souffrance.

Le monde cesse sa course. Mon cœur arrête de battre. Tout s'immobilise.

Et j'entre dans la cage sans tenir compte des cris et des hurlements de ceux que je laisse derrière moi.

Pour ma sœur.

Fin

Miaou ! Quel suspense ! Désolée pour ça (ou pas).
L'histoire continue dans Chat et souris, *le sixième tome de la série. Pour*

connaître toutes les mises à jour concernant Les Assassins à Moustaches et mes autres livres, inscrivez-vous à ma newsletter : skyemackinnon.com/francais

Kat vous encourage aussi vivement à laisser un commentaire. Ne l'obligez pas à sortir ses couteaux pointus. Elle est effrayante.

À PROPOS DE L'AUTEURE

Skye MacKinnon est auteure de best-sellers. Ses livres racontent l'histoire d'héroïnes qui n'ont pas d'autre choix que de s'impliquer.

Elle revendique avec fierté son héritage écossais, utilisant les fantastiques décors de son pays et une pointe de mythologie, que ce soit pour parler de dieux celtes, de chats métamorphes ou des rues d'Édimbourg.

Lorsqu'elle ne se trouve pas dans son café préféré pour écrire ses livres, Skye adore la mangue séchée, ainsi que les thés exotiques, dont elle a rempli son placard jusqu'à ce qu'il n'en rentre plus aucun sachet. Ce qu'elle aime par-dessus tout, c'est être recouverte des poils de son chat démoniaque.

skyemackinnon.com/francais

9 781913 556624